쓸모 있는 비움

Minimal
(Life)

Zero
~~Waste~~

Minimal Life
Zero-Waste

쓸모 있는

비움

김예슬 지음

미니멀과 제로 웨이스트 사이에서
이 부부가 사는 법

txt.kcal

프롤로그 : 덜어내면서 풍족해지는 삶

내가 의식하고 선택한 첫 라이프 스타일은 미니멀이었다. 다들 무언가를 버리며 즐거워하길래 나도 따라 해 보고 싶었다. 그래서 매일 하나씩 물건을 비워 보자 마음먹었고, 이왕이면 그 과정을 블로그에 기록해 보는 건 어떨까 싶었다.

글을 쓰기 며칠 전부터 넓지도 않은 방을 돌며 가진 물건들을 찬찬히 살폈다. 버릴 물건 리스트를 작성했고, 글과 함께 올릴 사진도 찍었다. 그리고 거창하지 않지만 세심하게 미리 세워 둔 계획에 따라 처분한 물건의 사진과 그 사연을 모아 블로그에 올렸다. 글이 누적될수록 꽤나 대단한 일을 한 것 같아 내심 뿌듯했다.

하지만 나는 사실 '미니멀 라이프'라는 것을 알기 전에도 맥시멀리스트는 아니었기에 버리다 보니 금세 글거리가 뚝 떨어졌다. 매일 비움 기록을 남기겠다고 블로그에 선언까지 했는데, 고작 1, 2주밖에 지나지 않은 시점이었다. 문득 버리는 게 자랑거리가 되고, 버리지 못해서 스트레스를 받는 상황이 이상하게 느껴졌다.

라이프 스타일은 나의 행복을 위해 선택하고 실행하는 것 아니던가. 이것마저도 남에게 보여 주려 받아들였다는 생각에 스스로가 한심하게 느껴졌다.

불순한 동기로 진중함 없이 라이프 스타일을 받아들여 벌을 받는 듯했다. 그런 일이 몇 차례 일어나자 나는 곧 미니멀 라이프에 흥미를 잃었고, 특별할 것 없는 일상이 이어졌다.

한편에 치워 뒀던 미니멀 라이프를 다시 가져오기로 마음먹은 것은 결혼을 결심하고서부터였다. 여기엔 어쩔 수 없는, 남편이 지금도 마음 아파하는 현실적인 조건들이 작용했다.

우리는 양가 도움 없이 결혼 생활을 시작하기로 했다. 그 때문에 선택할 수 있는 집의 크기는 한정적이었고, 10평대의 작은 집에는 많은 살림살이를 들일 수 없었다. 현실을 그대로 받아들이는 게 자존심 상해서 그럴듯한 철학적인 이유를 들먹이며, 그런 라이프 스타일은 처음 듣는다는 신랑에게 미니멀 라이프를 적극적으로 전파했다. 둘 다 열심히만 살아왔으니 재미있는 거 많이 해 보자고, 물건이 아닌 경험에 투자해 보자고, 그러니 우리의 공간은 텅 비어 있어도 다른 의미가 생길 거라고 하면서 말이다.

그렇게 결혼하고 1주년이 다가올 즈음, 우리 부부에게 또 다른 라이프 스타일인 제로 웨이스트가 스며들었다. 미니멀 라이프가 덜어내면서 내게 소중한 것만 남기겠다는 의미라면, 제로 웨이스트는 소중한 것(환경, 건강, 이념 등)을 위해 덜어내겠다는 의지가 담겨 있어 묘하게 맞닿아 있었기 때문이다.

처음 미니멀 라이프를 추구할 때와 다르게, 우리는 제로 웨이스트를 실천하기로 다짐하고는 표면적인 행동보다 그 명칭에 담긴 의미를 곱씹어 보기로 했다. 실수를 줄이기 위해 쓰레기가 없는 삶, 환경친화적인 삶을 사는 다른 사람들은 어떻게 일상을 꾸려가고 있는지도 찾아보았다.

온라인상에서 보게 된 대다수의 사람은 환경친화적인 소재의 생필품을 구비해 놓고 있었다. 주 소재는 플라스틱이 아닌 스테인리스나 나무 혹은 유리와 천이었고, 자연 그대로의 소재가 많아서인지 색도 채도가 낮고 은은했다. '제로 웨이스트 아이템'이라 불리는 것들은 대체로 단정하고 깨끗해 보여서 우리 집의 분위기를 더 아늑하게 만들 것만 같았다. 억눌렀던 소비 욕구가 다시 스멀스멀 피어올랐다.

그러나 결론적으로, 우리는 제로 웨이스트 아이템이라고 불리는 새로운 물건들을 들이기 위해 기존의 것을 몽땅 갈아치우지 않았다. 꼭 제로 웨이스트 아이템이 있고, 그 아이템을 써야만 해당 라이프 스타일을 영위할 수 있는 건 아니라고 생각했기 때문이다. 있는 것을 충분히 다 사용하려 노력했고, 이미 가진 물건도 쓸모를 찾는다면 여느 새 제품 못지않다는 걸 제로 웨이스트를 실천하며 여실히 느꼈다.

물론 필요하다면 평생 쓸 생각으로 기꺼이 들인 것들도 있었다. 다만, 그럴 때는 브랜드가 가진 철학이 그린워싱(Greenwashing)[1]에 지나지 않는지, 내가 사용하게 될 이 물건이 환경에 정말 무해한지를 오랜 시간 따져 봤다. 덕분에 제로 웨이스트를 실천하면서는 물건이 조금 늘었다. 제로 웨이스트는 환경에 무해한 만큼 인간에겐 조금 번거로운 라이프 스타일이기 때문이다. 어떤 행동을 할 때 드는 시간도 그 전보다 배 이상이 들어간다. 바쁜 사람에게는 비효율적으로 느껴질 수 있다. 그러나 의미와 가치를 소비한다고 생각하면 제법 견딜 만하다. 스스로 선택한 삶으로 지구가 가벼워진다고 생각하면 버티거나 견디는 게 아니라, 오히려 더 나은 방법이 없을까 적극적으로 찾게 되기도 한다.

그렇게 우리는 미니멀과 제로 웨이스트가 적절히 혼합된 우리만의 '슬기로운 라이프'를 만들어 가고 있다. 우리만의 라이프 스타일이니 누군가에겐 특별하고 피곤하게 느껴질 수도 있다. 그러나 우리도 할 수 있는 만큼 누구라도 누릴 수 있는 평범한 일상이라고 생각한다. 약간의 욕심과 편리함을 내려놓는다면 마음이 풍요로워지니 안 할 이유가 없다.

혼자가 아니라 둘이서 하니까 더 재미있게 할 수 있구나, 하고 느낄 수 있는 글이면 좋겠다. 함께하는 사람이 더 늘어나면 즐거움은 당연히 배가 되겠구나, 하는 생각도 들었으면 좋겠다. 환경 운동가가 아니더라도 사소한 것들을 바꾸면 삶이 풍족해질 수 있다는 걸 느껴봤으면 좋겠다. 모두가 그런 매일을 꾸려가면 좋겠다.

---

1. 실제로는 친환경적이지 않지만, 마치 친환경인 것처럼 홍보하는 '위장환경주의'를 일컫는다.

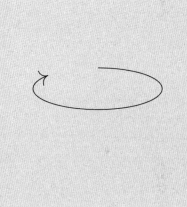

CONTENTS

PART 1

미니멀과 제로 웨이스트 사이에서
이 부부가 사는 법

의미 있게 살고 싶은 우리는 하나의 물건, 주제를 놓고 자주 이야기를 나눈다. 지향점은 같으나 서로의 생각은 각자 살아온 환경처럼 닮은 듯하면서도 또 달라서 조율하는 과정이 순탄치 않다.

우리 집에서 가장 비싼 가구

아내 '슬'의 이야기

내가 가진 과거의 물건 중에는 '싼 게 비지떡'이라는 말을 반박할 만한 것이 많지 않다. 용돈이 한정되어 있다 보니 물욕을 잠재울 수 있는 선택지가 적었기 때문이다. 만 원 정도면 옷 한 벌은 거뜬히 살 수 있던 명동에서 고등학교를 다니고, 가성비를 외치며 다양한 지하상가 구석을 훑고 다니는 게 일상이었던 학창 시절을 보낸 것도 그 선택에 일조했다.

인터넷 쇼핑을 즐기기 시작한 대학생 때는 가격에 혹해서 샀다가 질 나쁜 물건을 받고 반품하는 일도 왕왕 있었다. 잡다한 것 여러 개보다 제대로 된 하나가 더 낫다는 것을 그때는 왜 몰랐는지, 참 다양한 물건을 쉽게 사고 쉽게 버렸다.

이런 나와는 다르게 남편은 이왕 사는 거 제대로 된 걸 사자는 주의의 사람이었다. 그래선지 미니멀 라이프를 시작하고 필요 없어 중고 거래 플랫폼에 내놓은 남편의 물건들은 올리기가 무섭게 팔렸다. 하루에도 몇 번씩 거래 장소에 나갈 정도로 바쁜 날도 있었고, 수십 개씩 오는 문의 채팅에 답장하다가 지치는 핫한 아이템도 많았다.

남편은 그렇게 거래를 하고 오면 돈이 든 봉투를 보여 주면서 "이건 자투리 통장에 넣을게." 하고 말했다. 그럴 때마다 나는 본인의 물건을 팔고 받은 돈의 운용법을 왜 내게 얘기하는 건지 모르겠어서 그냥 고개를 끄덕이곤 했다.

그 언행에 담긴 남편의 의중을 몰랐던 터라 그저 부지런도 하다, 그렇게만 생각했다.

그런 거래들이 1년쯤 이어지던 어느 날, 남편은 결심했다면서 나를 어디론가 데리고 갔다. 도착하고 보니 가구 매장 앞이었다. 남편은 영문을 몰라 어리둥절한 내게 그간 중고 거래하면서 모은 자투리 돈이 가구를 살 만큼 모였다며 의자를 사겠노라 선언했다. 그래, 의자 그까짓 거 얼마나 한다고. 우리도 의자다운 의자 하나 놓고 살자 싶어 그러라고 했다.

사실, 우리가 그날 의자를 사러 가기까지에는 구구절절한 사연이 있다.

그전까지 우리 집엔 Y체어라 불리는 의자 1개와 남편이 대학생 때 과제로 만든 원목 스툴 1개가 '앉는 가구'의 전부였다. 작은 집엔 좀처럼 사람이 놀러 오는 경우가 없었고, 남편이 사용하던 책상을 식탁 겸용으로 써서 여러 개의 의자가 있을 필요도 없었기 때문이다.

유일하게 '정상적인' 의자라 할 수 있는 Y체어는 남편이 결혼할 때 절친들로부터 선물 받은 것이었다. 가구 디자인을 전공했으니 결혼 선물은 서로 원하는 가구를 해 주자고 오래전부터 약속했다나. 남편은 평소 의자가 가장 완벽한 조형물이라고 말하는 사람이라서 국내 브랜드도 잘 모르는 내게 가끔씩 의자에 대해 이야기를 해 주었고, 가구 매장을 가면 가장 먼저, 그리고 오랜 시간 의자를 살펴봤다. 그런 사람이었으니 선물로 본인의 로망 가구인 Y체어를 받는 건 당연한 수순이었을 것이다.

하지만 그런 남편과 달리, 나는 의자에 별 관심이 없었다. 내게 의자는 가구 축에도 들지 않는, 그냥 '엉덩이를 걸치는 물건' 그 이상도 이하도 아니었기 때문이다. 그래서 결혼 선물로 요청할 만큼 의자에 대해 남다른 마음을 가진 남편을 존중하기는 했어도, 빈티지란 명목하에 남이 쓰던 걸 받으려는 남편의 행동이 신기하게, 또 생경하게 느껴졌다.

내가 의자에도 나름의 레벨이 있다는 사실과 좋은 의자는 남이 쓰던 것이라도 비싼 가격에 재거래됨을 알게 된 것은 그로부터 꽤 시간이 흐른 뒤, 우리 집에서 하나뿐이던 정상적인 의자가 망가지고 나서부터였다.

어느 날, 높은 찬장에서 물건을 꺼낼 일이 생겨 딛고 올라갈 의자를 찾다가 문득, Y체어가 눈에 들어왔다. 밟고 오르는 데 망설임은 없었다. 의자니까. 생

미니멀과 제로 웨이스트 사이에서
이 부부가 사는 법

각할 것도 없이 의자를 끌어왔고, 찬장 아래에서 힘차게 발을 디뎠다. 그런데 그 순간, 무언가 부서지는 듯한 둔탁한 소리가 났다. 깜짝 놀라 의자를 살펴봤는데 다행히 외관은 멀쩡했다. 그래서 그때는 그저 오래된 의자라 나무 소리가 크게 났는가 보다라고만 생각했다.

그러고 하루 정도 지났을까, 개인 작업을 하려고 책상 앞 의자에 앉던 남편이 나를 찾아와 의자 다리가 부러졌다며 읍소했다. 나는 남편이 그 의자를 얼마나 아끼는지 알았기에 순간 솔직하게 말하기가 힘들었다. "내가 밟고 올라갔었어." 하고 고백하는 순간 정색한 얼굴이 돌아올 것 같아 두려웠다. 결국 심각한 남편에게 나도 모르겠다는 눈빛을 보내고 기존 주인이 험하게 썼나 보다, 하며 위로까지 해 주었다.

그런 사연이 있었기에, 나는 그날 자신에게 필요 없던 100여 개의 물건을 1년간 팔아 모은 돈으로 의자 하나를 구입하겠다는 남편을 말릴 수 없었다. 점원과 하는 대화의 내용, 특히 금액 부분이 심상치 않았지만, 내 생각과 의구심 따위는 배제해야 했다. 그래서 그날부로 우리 집에서 가장 비싼 가구는 '의자'가 됐다. 칠칠맞지 못한 나로부터 의자를 보호하고자 15만 원이나 주고 산 전용 방석까지 놓여 있는.

남편은 그 뒤 의자를 내 선물이라며 주고, 고장 난 의자를 자신이 쓰겠다며 고쳐 왔지만, 말과는 다르게 남편이 TV 근처로, 침대 옆으로, 책상 앞으로 이동할 때면 어김없이 새로운 Y체어가 함께 집안을 종횡무진한다. 그뿐 아니라 매일 Y체어의 소음 방지 커버를 확인하고 애정 어린 눈으로 손잡이를 쓰다듬기도, 방석을 팡팡 두드려 숨을 불어넣기도 한다.

내게 의자는 여전히 '고작' 의자지만, 남편이 행복하니까 그걸로 됐다. 그리고 남편을 보면서 생각한다. 어설픈 가성비는 그만 따지고 오래오래 행복해질 수 있는 물건만 주변에 두어야겠다고. 아, 재테크가 가능한 의자라서 하는 말은 아니다.

남편 '기'의 이야기

나는 미대에서 가구 디자인을 전공했다. 나무를 많이 다루다 보니 자연스럽게 원목 가구를 아끼고 좋아하게 됐고, 덕분에 재학 시절 내내 눈에 아른거릴 만큼 선호하는 의자도 하나 생겼다. 바로 등받이 모양 때문에 Y- chair라고도 불리는 북유럽 가구 디자이너 중 한 사람인 한스 웨그너의 CH24다. CH24는 다이닝 체어의 일종으로 약 300개의 공정을 거쳐 장인들에 의해서만 만들어지는, 가구지만 하나의 작품과도 같은 의자다. 학생이었던 내가 구입하기엔 가격이 다소 사악했기에, 당시의 나는 그 의자를 살 엄두조차 내지 못하고 그저 감탄하며 바라보기만 했다.

대학교 졸업 후 같은 학과 친구들과 나는 전공자답게 결혼 선물은 각자 원하는 오리지널 가구를 일정 금액 안에서 선물하기로 약속했다. 실제로 나보다 먼저 결혼한 친구들은 유명 산업디자이너 '필립 스탁(Philippe Starck)'의 의자나 브랜드 디자인 조명을 선물 받았다. 그래서 내 차례가 왔을 때 나는 주저 없이 CH24, 그것도 빈티지를 부탁했다.

친구 중 한 명이 마침 북유럽으로 출장 가 있는 현지 한국인 바이어와 연락이 닿아 SNS로 실시간 사진을 받아 가면서 제품을 의뢰했다. 며칠 후 1960~70년경에 제작된 것을 찾았으며, 내가 결정만 하면 구매할 수 있다는 소식을 전해 왔다.

마침내 그렇게 고대하던 로망 의자가 내 눈앞에 도착했다. 나는 그날 너무 좋아 잠도 자지 않고 새벽까지 의자 좌판 구석구석에 낀 먼지들을 핀셋으로 제거했고, 사포로 세월의 흔적을 갈아냈으며, 가구 전용 오일을 바른 뒤에야 행복감에 젖어 잠이 들었다. 그다음날에는 이것이 오리지널 빈티지 가구가 맞는지 해외 사이트를 뒤지며 가품 구별법을 찾아보았고, 진품이 맞다는 걸 확신하는 순간, '드디어 내가 이 의자를 가졌구나.' 하면서 주먹을 불끈 쥐고 환호하기까지 했다.

이렇듯 들여온 의자에 대만족하며 살던 어느 날, 일이 생겼다. 의자에 보수가 필요해진 것이다.

갑자기 의자 다리를 지지하던 가로대가 흔들리고 '끼익', 하며 나무 뒤틀리는

015   미니멀과 제로 웨이스트 사이에서
이 부부가 사는 법

소리가 나기 시작했다. 그 얼마 뒤에는 결합부가 부러지더니 그대로 나의 첫 로망 의자가 사망 선고를 받았다. 아내가 위로해 주었지만, 이 사건은 며칠간 회사 일이 손에 잡히지 않을 만큼 내게 큰 충격을 주었다. 사용할 수 없는 의자를 멍하게 바라보며 처분해야 하나 고민을 시작했다.

다양한 비움 방법을 고려했지만, 내게 의미 있는 선물이면서도 계속 곁에 두고 싶은, 처음 소유한 오리지널 가구였기 때문에 결국 가구 디자이너인 친구를 통해 보수하기로 했다. 친구는 나름 고민해서 나무못의 결과 색상을 의자에 맞춰 주었다. 그 결과 의자는 빈티지 시장에서 거래되는 본래의 가치를 잃었지만, '의자'로서의 역할 수행은 가능하게 고쳐져 돌아왔다.

조금 더 세련된 보수 방법이 없었을까, 아직도 아쉬움은 남는다. 그래도 제로 웨이스트 라이프를 지향하고 보니, 그럴듯한 외형보다 고쳐서 다시 사용하는 데에 초점을 맞춘 내 선택에 만족한다. 삐걱거리는 소리는 날이 지날수록 커져가지만, 현재도 전처럼 애정을 가지고 사용하고 있다.

하나에 백만 원이 넘어가는 의자를 누군가는 쓸데없이 비싼 사치품이라고 느낄 수 있다. 하지만 계절따라 유행따라 변하는 물건을 들이고 비우는 데 돈과 에너지를 쓰는 것보다 버리지 않을 생각으로 평생 사용할 물건 하나를 들이는 것이 더 경제적일 수 있다. 더불어 수십 개의 물건보다 평생 함께할 좋은 물건 하나로도 행복이 충만할 수 있다는 것을 알아주면 좋겠다.

아내와 나는 내가 아끼는 의자에 나란히 앉아 밥도 먹고, 이야기도 나누고, 글을 쓰거나 책을 읽는다. 우리의 일상이 그렇게 내가 사랑하는 의자에 쌓여 간다.

아, 그리고 '망가진 의자' 사건의 전말은 수리 후 약 1년의 시간이 지나갈 쯤, 아내가 자신의 블로그에 고백한 글을 보면서 알게 됐다. 약간의 배신감, 조금의 황당함, 그보다 큰 허탈감에 한동안 멍했던 기억이 난다. 하지만 미니멀과 제로 웨이스트에 많이 익숙해져 있던 터라 잘 고쳐 썼으니 됐다는 생각이 들었지, 불같이 화내거나 따질 마음이 들진 않았다. 내가 의자를 잘못 사용해온 건 아닐까 하는 일종의 죄책감이 있었는데, 진실을 알게 되어 오히려 홀가분해졌다. 나도 모르는 사이 제로 웨이스트란 게 명약이 되었나 보다.

버릴 것이 하나도 없는 경험 선물

아내 '슬'의 이야기

보통 미니멀 라이프를 생각하면 최소한의 물건들만 들어찬 빈방이 떠올라서인지 그곳에서의 삶 역시 재미없고 단조로울 것이란 편견이 있는 것 같다. 하지만 물건이 비워진 만큼 경험으로 채운다면 지루할 틈이 전혀 없다. 그뿐인가, 경험은 쌓여도 물건처럼 자리를 차지하는 일이 없고 쓰레기도 나오지 않는다. 다각도로 합리적이며, 시작과 끝 모두 가볍다. 그래서 우리는 서로에게 물건 대신 경험을 선물한다.

해가 뜨겁게 내리쬐는 여름에 자전거를 타는 것, 공원에서 텐트를 펴 놓고 배드민턴을 치는 것, 분위기를 내고 싶을 때 카약과 카누를 타러 떠나 보는 것, 뜬금없이 승부욕이 생기면 단거리 마라톤에 참가해 보는 것, 그러다가 저질 체력 문제로 정적인 활동이 그리울 때면 빌린 책을 돌려 보거나 감명 깊었던 부분에 대해 얘기해 보는 것, 꽃 시장을 둘러보는 것, 어제는 못 본 동네 고양이를 오늘 함께 만나는 것, 늘 마시던 에이드 대신 쓴 커피를 마시는 것 등 쑥스러울 만큼 소소한 경험들을 공유한다. 선물이라고 말하기 힘든 것들이라도 새로운 걸 제안한다면 그게 무엇이든 서로에게 주는 선물이 될 수 있다.

다만, 아쉽게도 작년부터는 코로나라는 질병이 전 세계적으로 퍼지면서 일상 활동에 제약이 많아져 위에서 언급한 선물들을 주고받기 어려워졌다. 하지만 그럼에도 불구하고 우리는 최소한의 인원이 접촉해도 되는 상황을 찾아

미니멀과 제로 웨이스트 사이에서
이 부부가 사는 법

서로의 일상이 기쁨으로 가득 찰 수 있는 경험을 선물하려 노력했다. 그 덕분에 2020년 생일 선물로 받은 쿠킹 클래스는 지금까지 기억에 남을 정도로 소중한 경험이 됐다.

쿠킹 클래스가 열렸던 스튜디오는 결혼 연차가 우리와 비슷한 셰프와 파티시에 부부가 운영하는 곳이었다. 그들은 클래스에 부부가 참여한 건 최초라며 기쁘다고 말했다. 우리는 클래스 참여 이유가 내 생일 때문이고, 함께 근사한 요리를 해본 적이 드물다고 이야기하면서 신혼부부다운 꿀 떨어지는 대화를 주고받았다. 참여하게 된 사연을 구체적으로 전달한 덕분인지 강사님은 요리 초보 부부의 눈높이에 맞게 식자재를 고르는 팁이나 도구 사용법을 상세히 알려 주셨다. 그리고 손길이 다른 두 사람이 요리의 합을 맞춰 갈 수 있도록 역할을 나눠 주고, 사람들을 초대할 때 괜찮은 메뉴들을 추천해 주기도 했다. 유용한 조언 덕분에 우리는 수월하게 레시피를 따라 할 수 있었다. 생일상 차리듯 감바스와 크림 파스타를 만들었는데, 남편과 둘이 나눠 먹었지만 이것 저것 챙겨 주려는 셰프 부부 덕분에 넷이서 함께 파티를 하는 것만 같았다. 2시간 동안 함께 선물을 만들고, 1시간 동안 선물을 누린 것 같아서 시간과 공간 모두가 나를 축복하는 것도 같았다. 당연히 평생 잊을 수 없는 귀한 추억이 됐다.

지금도 올리브유를 볼 때면 종종 그때의 감바스와 이제는 먹지 못하는 크림 파스타를 그린다. 시간이 지나 기억에 예쁜 양념이 추가되어 미화된 감도 없잖아 있지만, 선물을 물건으로 받았다면 결코 지금처럼 오래 기억하며 좋아하지 못했으리라. 추억의 유통 기한은 언제나 물건보다 길다.

———

우리는 이처럼 다양한 경험들로 한 해를 보내고 나면, 마지막 마무리로 '경험 연말정산'을 한다. 이것은 미니멀 라이프를 시작하고 생긴 둘만의 행사다. 연말이 되면 우리는 노트북 앞에 앉아서 사진 파일을 열어 보며, 노트에 '하려고 했던 것, 해 본 것, 못 했던 것'을 나열하고 가장 인상 깊었던 것 세 가지를 뽑는다. 세 손가락 안에 들 정도로 좋았던 것과 못 해서 아쉬웠던 것은 다음

해에 또 하거나 첫 도전을 위해 경험 리스트에 다시 올린다. 리스트를 적은 노트는 냉장고에 붙여서 수시로 보며 이번 달 혹은 다음 달을 알차게 보내기 위한 원동력으로 삼는다.

누군가에겐 이런 선물 방식이 유난스럽게 느껴질지도 모르겠다. 하지만 우리가 말하는 경험은 잘하거나 완벽한 결과보다 함께 해 보는 데 의의를 두기에 생각만큼 거창하거나 부담스럽지 않다. 단지 정적인 여자와 동적인 남자가 만나 폭이 넓을 뿐.

앞으로도 우리의 선물은 그랬으면 좋겠다. '벌써 연말정산 할 때가 돌아왔어?' 하고 한숨을 푹 내쉴 만큼 많은 경험을 주고받았으면 좋겠다. 집 앞의 산책로를 바꿔 보는 것, 매번 사던 대파를 집에서 키워 보는 것, 자라난 대파로 파 기름을 만들고 자신감을 얻어 방울토마토도 키워 보는 것처럼 거창하지 않고 소소한 것들로 선물을 하면 좋겠다.

남편 '기'의 이야기

아내는 경험과 그에 대한 기록을 중요하게 생각하는 사람이다. 결혼하기 전부터 그랬는데 그 기억은 아내가 여자 친구였을 때로 거슬러 올라간다.

나는 연애하면서 생일 선물로 아내가 직접 만든 노트 한 권을 받은 적이 있다. 그 노트는 데이트를 하면서 소소하게 먹고 즐긴 것들, 함께했던 여행의 기억들을 기록한 두툼한 스크랩북이었다. 매번 무얼 그렇게 사진 찍고 모으는 건지 궁금했는데 결과물로 의문을 풀어줬다. 생각하지 못했던 선물은 정말 놀라웠고, 고스란히 느껴지는 정성에 크게 감동받았다. 얼만큼이었냐 하면 선물을 건네받은 차 안에서 실제로 눈물이 나올 정도였다.

그때부터 나도 함께할 무언가를 찾고 기록하는 것에 자연스럽게 동참하기 시작했다. 그 덕에 결혼할 즈음엔 원래 노트보다 몇 배는 두꺼워진 스크랩북이 하나 더 생겼고, 결혼 후에는 들일 물건보다 시도해 볼 경험을 찾는 데 많은 시간을 할애했다.

결혼하고 선물 받은 경험 중 가장 기억에 남는 것은 사과 따기다. 지금은 이유가 무엇이었는지 기억도 나지 않는, 신혼 초 부부의 푸닥거리 끝에 아내가 제안한 체험이었다. 속마음을 담아 제안한 체험이었는지는 아직도 모르겠지만, '사과' 따기가 민망함에 돌려 한 '사과'처럼 들려서 웃음이 났고, 우리는 이런 식으로도 사과하고 화해할 수 있겠구나 싶어 유독 기억에 남는다. 그때부터 내게는 세상을 바꾼 3대 사과[2]에 아내의 사과 하나가 더해졌다.

그날의 가을 하늘은 사과의 의미가 빛을 발하게 참 맑았었다. 그 뒤로 나는 그때 같은 하늘을 볼 때면 사과를 따던 촉감과 수확한 사과를 깎을 때 맡았던 달콤한 향기를 또렷이 떠올린다. 그리고 내가 선물 받았듯 아내에게도 이런 경험을 하나 선물해 주고 싶다는 생각을 하게 된다. 고개만 올리면 보이는 하늘로도 특별히 기억될 경험 하나를 선물해 주고 싶어진다.

물건 대신 주고받은 경험이라는 선물은 나에게 긍정적인 영향을 주고, 우리 관계를 더 돈독하게 만든다. 덕분에 경험 연말정산은 늘 환급 기준을 충족하고 넘쳐 돌아온다. 그래서 라이프 스타일은 미니멀 라이프를 지향하지만 경험은 맥시멀을 추구하려 한다. 앞으로도 경험의 씨앗을 뿌리고 또 뿌려서 삶이란 밭을 풍성하게 만드는 프로 경험러가 되겠다.

그러니까 여보, 다음에는 밤 따러 가자.

---

2. 세상을 바꾼 3대 사과란 뉴턴의 사과, 세잔의 사과, 스티브 잡스의 사과이다.

손수건, 시작은 미약하나 그 끝은

아내 '슬'의 이야기

초등학교 시절, 내가 사던 아빠의 생신 선물은 대개 양말 아니면 손수건이었다. 이미 서랍장과 장롱 안에 차고 넘치게 많았지만, 용돈이 적은 초등학생이 살 수 있는 선물이란 보통 그 정도였다. 그래도 통장에 넣지 않은 세뱃돈이나 준비물을 산다며 조금 과하게(?) 금액을 불러 받아 둔 돈에서 나름 무난하고도 세련된 디자인을 고르려 애썼다.

축하드린다는 말과 함께 멋쩍게 건넨 손수건을 늘 고맙게 받아 주셨던 아빠. 쉽게 닳아 없어지지도 않을 손수건을 나와 동생이 해마다 번갈아 드렸는데, 쌓이는 손수건들 중 끝까지 사용한 게 하나쯤은 있을까, 대동소이한 디자인의 손수건들 사이에서도 특히 아끼는 것은 있었을까. 새삼 궁금하다.

경제 관념이 일찍 트여 버린 건지 그냥 타인의 눈을 과히 신경 썼기 때문인지, 내가 고른 손수건들이 '괜찮은' 선물이 아니었다는 걸 나는 그때도 알았다. 같은 종류의 선물이 포장지도 뜯기지 않은 채 서랍장에 차곡차곡 쌓여 있는 걸 보았으니까. 그건 고맙다는 아빠의 말과는 상반되는 태도였다. 지금에야 난감하셨겠다 싶지만, 그때는 그게 참 민망하고 머쓱했다.

그럴 때마다 동생에게 "너 이번엔 뭐 살 거야?" 하고 물어 거기서 거기인 아이디어를 공유하기도 했지만, 그렇게 한 고민이 무색하게 선물은 늘 다시 제자리로 돌아왔다. 그즈음의 선물 경험을 통해 어렴풋이 각인되었던 것 같다.

손수건은 가장 저렴하고도 쓸모없는 비주류의 선물이라고.

그랬던 나도 어느새 손수건을 선물 받을 나이가 되었다. 내 최초의 손수건은 대학생이 되고 엄마에게 선물 받은 것이다. 어떤 말과 함께 건넸는지, 손수건에 담긴 엄마의 의중은 무엇이었는지 기억나지 않지만, 노르스름한 바탕에 꽃무늬가 현란한 그 손수건은 내 취향과 많이 달라 첫인상부터 좋지 않았다. 그래서 선물 받은 날 눈 맞춤을 한 번 했을 뿐, 손수건을 쓰는 일은 오랫동안 없었다.

사실 손수건을 쓸 상황이 생길 일도 많지 않았다. 나는 어디든 철퍼덕 앉아도 거리낌 없는 선머슴이었던 데다가, 휴지든 물티슈든 푹푹 뽑아 써도 양심의 가책 따위를 느끼지 못하던 사람이었기 때문이다. 그럼에도 단지 엄마가 준 선물이라는 이유로 손수건은 버려지지 않은 채 10여 년간 내 소유 물품으로 남아 있었다.

가지고 다니지 않으니 분실의 염려가 없고, 부피가 크지 않으니 옷장 안 어딘가를 굴러다녀도 거슬릴 일이 없었다. 계절이 바뀔 때 옷을 정리하다가 묵은 내 나는 손수건을 마주하곤 했지만, 그냥 다시 넣어 둘 뿐 버리지는 않았다. 미니멀 라이프를 시작하면서 사용하지 않는 물품들을 비워 낼 때도 여전히 손수건은 남아 있었다. 이상하게도 왠지 그건 놔두게 됐다.

손수건을 조금씩 사용하기 시작한 건 지금의 남편과 연애를 시작하고 나서부터였다. 당시의 남자 친구(그러니까 남편)에게 준비성이 철저하고 자기 관리가 엄격한, 올곧은(?) 여자로 보이고 싶었다. 나는 화장실을 다녀와 손을 닦을 때면 무심한 척 손수건을 꺼내 썼고, 벤치가 더러울 때면 손수건을 꺼내 깔고 앉는 등 은근하고도 얄팍한 술수를 부렸다. 하지만 그것도 잠시, 역시 노랗고 빨간, 현란한 그 손수건을 매번 사용하기는 조금 민망했다. '원색과 꽃무늬를 좋아하는 애'라는 이미지가 생길 것만 같았다. 그렇게 손수건은 다시 옷장으로 돌아갔다.

———

시간이 흘러 고작 손수건으로 얄팍한 술수를 부리던 여자는 사실은 손수건에 무관심해 그런 일화를 기억도 못 하는 남자와 결혼했다. 결혼한 뒤 우리는 어떻게 살아야 현명하게 삶을 꾸려 나갈 수 있을지 많이 고민했다. 이전보다 진지한 태도로 미니멀 라이프를 선택했고, 시행착오를 겪으며 오랜 시간 사용하고 싶은 것들을 하나둘 곁에 들이기 시작했다. 그때마다 내가 선택하고 사용할 무언가에 공존을 위한 의미와 가치, 철학이 담기길 바랐다. 그러다 보니 나와 우리, 심지어 지구에게도 해가 되지 않는 친환경 소비에 눈을 뜨게 됐다. 그때부터 옷장 여기저기를 굴러다니던 얇은 천 조각이 네모나게 접혀 내 가방 안으로 들어오게 됐다. 무의식적으로 사용하는 휴지 대용으로 요긴하게 사용하여 쓰레기를 줄일 수 있을 것 같았기 때문이다. 손수건은 땀을 닦거나 쏟은 물을 닦는 본연의 역할뿐만 아니라 다방면에서 제 역할을 톡톡히 했다. 세수할 때 짧은 머리칼이 방해가 될 때면 세모로 접어 돌돌 말아 머리띠처럼 사용했고, 비닐 봉지가 없을 때는 작은 물건들을 담는 주머니로, 아이스 커피를 마실 때는 컵 홀더로 쓰기도 했다. 10년을 새것처럼 있던 손수건이 이제야 색이 바래고 모서리가 닳아 간다.

손수건을 쓰기 위해서는 꺼낼 때마다 가방 안에서 종횡무진하느라 생긴 주름을 펴고 먼지를 털어야 하며, 쓴 다음에는 잊지 않고 손빨래까지 해야 다음 날 찝찝함 없이 사용할 수 있다. 습관이 들지 않으면 참 번거롭고 불편한 물건이다. 그럼에도 불구하고 이 비주류의 손수건이 성주신처럼 가방 안을 지키고 있다.

내 편견과 굴욕의 역사가 고스란히 담긴 첫 손수건. 약간 고해성사와 같이, 자꾸 꺼내 쓰면 공간뿐 아니라 내 마음까지 닦이는 것 같아 잊지 않고 확인하게 된다. 촌스러운 모양새 때문에 남이 필요로 할 때도 쉽게 이 손수건을 꺼내서 건넬 수 있을지는 아직 확신할 수 없지만, 내 누르스름하고 붉은 손수건은 이제 내겐 주류이다.

남편 '기'의 이야기

어느 날, 아내가 제로 웨이스트 잡지를 구독하고 사은품으로 린넨 소재의 손수건 하나를 받았다. 아내는 이미 장모님이 주신 오래된 손수건이 있었기에 새로 받은 손수건은 내가 지니길 원했다. 마침 내가 좋아하는 짙은 그레이 단색이라 거절할 이유가 없었고, 평소 아내가 손수건을 다양하게 사용하는 것을 흥미롭게 지켜봤기에 나도 아내처럼 한번 써 보자는 생각으로 손수건을 받았다.

그때부터 회사나 바깥에서 화장실을 이용하고 손을 씻게 되면 익숙하지는 않았지만 종이 타월 대신 손수건을 꺼내 썼다. 하지만 그럴 때마다 맞지 않는 옷을 입은 듯 어색해서, 누가 보는 것도 아닌데 괜히 주변을 살폈다. 그래서 가끔은 손수건이 있는 걸 알면서도 모른 척 종이 타월을 꺼내 툭툭 손을 닦기도 했다.

나의 그런 생각과 행동을 눈치챘는지 아내는 틈틈이 손수건 사용 여부를 체크했다. 손수건을 사용하면서 생긴 에피소드는 없는지 구체적으로 묻기도 하면서 말이다. 그래서 나는 잘 사용하고 있다는 걸 증명하기 위해 가끔 손수건을 사용하는 사진을 찍어 아내에게 보내 주었다.

그렇게 계속 쓰다 보니 어느 순간부터 손수건을 쓰는 게 조금씩 익숙해지고 편해졌다. 변하는 내 모습이 신기했고, 화장실에 갔다가 손수건으로 손의 물기를 닦거나 컵 받침으로 사용하고 있는 자신에게 왠지 모를 뿌듯함도 느꼈다. 이제는 누구도 알아주지 않지만 다른 의미로 주변을 의식하기도 한다. '저기요, 나 이렇게 자원을 아끼려 노력하는 사람이에요.' 속으로 이렇게 외치면서 말이다

———

그렇게 열심히 쓰던 손수건인데, 2019년 여름 즈음 그만 그 손수건을 잃어버렸다. 출근길 어딘가에서 떨어뜨렸던 것 같은데, 정확히 어디서 잃어버린 건지 알 수 없었고, 온 길을 되짚어 봐도 찾을 수 없었다. 심지어 광활한 회사 주

차장까지 샅샅이 뒤지고 다녔지만 어디서도 손수건은 보이지 않았다. 이제야 익숙해진 손수건을, 우리만의 공통된 제로 웨이스트 품목 중 하나였던 손수건을…… 누군가에겐 흔한 천 조각이었을지 모르지만, 내게는 남다른 의미가 있는 물건이라 이루 말할 수 없이 허망했고, 손수건을 선물한 아내에게 미안했다.

그 후 며칠간 손수건에 대해 아내가 물어볼까 노심초사했다. 혹시라도 손수건의 행방을 물어보면 회사에 두고 왔다 말해야겠다며 가상의 시나리오도 짰다. 동시에 사은품으로 받은 손수건이므로 출판사에 전화를 해서 별도로 구매할 수 있는지 물어볼까 고민하기도 했다. 하지만 오래 끌어 봤자 거짓말만 늘어놓을 것 같아서 결국 퇴근 후에 조심스럽게 손수건을 잃어버렸고, 열심히 찾아보았으며, 찾지 못해 미안하다고 사과했다. 우려와 다르게 아내는 칠칠하지 못하다면서 뭘 그렇게 잘 잃어버리냐고 한마디만 했다. (추측하건대, 비슷한 시기에 결혼반지를 잃어버렸던 터라 그때의 충격이 컸기 때문인지, 손수건 분실은 아내에게 별일이 아니었던 것 같다.)

아내는 손수건을 잃어버린 내게 여분으로 가지고 있던 파란 손수건 하나를 다시 건네었다. 설거지 비누를 사고 사은품으로 받은 이니스프리 손수건이라고 했다. 손수건에는 구름이 둥둥 떠 있는 파란 하늘을 배경으로 노란 손수건을 든 소녀 캐릭터가 뛰고 있는 그림이 그려져 있었는데, 나는 분실의 죄책감을 상쇄시키고 다시 의미 있는 일상을 보낼 수 있을 것 같아서 그것을 기쁜 마음으로 받았다.

다시 사용하게 된 손수건은 예전 손수건과 달리 내 취향에 맞지는 않지만, 그렇기에 가지고 있는 장점도 있다. 예전 손수건에 진중함이 있었다면, 지금 것은 파란 색상이 내게 청량함을 가득 안겨 준다. 나도 캐릭터 소녀처럼 행복한 얼굴로 뛰어야만 할 것 같고, 손수건을 쓰면 덩달아 웃게 된다.

머그컵을 물로 헹구고 남은 물기를 손수건으로 닦아낼 때 손끝에 느껴지는 가벼운 천의 느낌이 좋다. 출근할 때 아침 식사로 가져가는 사과 한 알을 비닐 봉지 대신 손수건에 싸매고 가면 사각거리는, 거슬리는 소리 없이 꺼낼 수도 있다. 사무실에 도착해서 먹기 위해 칼로 자를 때는 도마 대신 깔아 둘 수도 있고, 다 먹고 나서는 슥- 손을 닦을 수도 있다.

미니멀과 제로 웨이스트 사이에서
이 부부가 사는 법

사용한 지 2년이 되어 가는 손수건은 이제 아내와 함께하는 라이프 스타일 안에서 주류가 되어 가고 있다. 사용할수록 애착이 생기고 손수건 안에 우리만의 기억이 축적되고 역사가 기록된다. 언젠가 다 닳아 바꿀 시기가 올 테지만, 그때까지 분실 없이 값지게 쓰고 싶다.

오래 간직할 물건 찾기

아내 '슬'의 이야기

작년 여름, 편해서 쓰던 쿠션형 팩트를 끊었다. 팩트 사용을 위해서는 주기적으로 퍼프(화장용 스펀지) 교체와 리필 용기 구입이 필요한데, 그렇다 보니 튜브형이나 펌프형보다 쓰레기가 자주 배출되는 것 같았기 때문이다. 퍼프세척이 귀찮아서 스스로 트러블을 증식시키는 것 같은 느낌이 있었던 것도 추가적인 이유였다.

내게 단점 많은 화장품과 화장법을 끊었지만, 그럼에도 외출할 때 지닐 손거울이 필요해서 본품을 버리지는 않았다. 리필 용기가 있던 공간엔 실핀이나 머리끈을 넣어 가지고 다닐 수도 있어 나름 쓸모도 있었다.

이처럼 나는 제로 웨이스트를 지향하고 멀쩡한 걸 잘 못 버리게 됐다. 누구에게나 멀쩡해 보이면 중고 거래나 나눔을 했고, 내게만 멀쩡하면 필요를 찾아 계속 사용했다. 본래의 목적을 잃어버렸으나 손거울 대체품으로 적합해진 이 쿠션 팩트는 내게만 괜찮은 그런 물건이었다. 그게 남편에겐 약간의 구질함처럼 비쳤던 모양이지만.

그러던 어느 날, 쓸모를 찾아 잘 들고 다녔던 이 팩트를 비워야 하나 고심하게 된 일이 생겼다. 재활용이 어려운 화장품 용기의 개선을 촉구하기 위해 다 쓴 화장품 용기를 모으는 '화장품 용기 어택'이 제로 웨이스트 숍을 중심으로 시작된 것이다.

나는 우리 집에 보관해 뒀던 사용하지 않는 샘플 용기와 다 사용한 화장품 용기들을 내놓으며 캠페인에 참여하기로 했다. 지니고 다니던 쿠션 팩트 용기도 캠페인 목록에 들어 있어서 이때 함께 비우자고 마음먹었다. 하지만 막상 버리려고 가방에서 꺼내놓고 보니, 당장 들고 다닐 손거울이 없다는 생각에 한참을 망설이게 됐고, 결국 조용히 쿠션 팩트를 배출 리스트에서 삭제했다. 남편은 다 쓴 화장품 용기들을 비우겠다며 제로 웨이스트 숍에 갔다가 다시 쿠션 팩트를 덜그럭대며 들고 온 나를 물끄러미 쳐다봤다. 자신의 기억에 따르자면 그것은 비워져야만 하는 물건이었기 때문이다. 남편은 정말 궁금하다는 표정으로 고민을 그렇게 하면서도 도대체 그걸 왜 지니고 있는 건지 물었다. 나는 이 팩트가 멀쩡하기도 하거니와, 비우고 나면 당장 사용할 대체품이 없고, 그렇다고 거울을 굳이 돈 내고 사고 싶지도 않은 데다가, 찾는다고 마음에 드는 게 나타날지도 모르기 때문이라고 답했다. 남편은 알겠다며 고개를 끄덕였다.

그 후 이틀인가 사흘이 지나 남편 앞으로 택배가 하나 도착했다. 그가 무엇을 시키든 관여하지 않지만 갑자기 내용물이 궁금해 송장을 들여다보았다. 거기엔 '수공예품'이라는 단어가 쓰여 있었다. 남자가 살 만한 수공예품이 뭐가 있나 싶었는데 갑자기 얼마 전에 나누었던 거울 이야기가 떠올랐다. 순간 '뭐야……! 그냥 거울도 아니고 수공예품이야? 와, 진짜 얼마나 대단한 거야……?!' 하는 생각이 스쳤다. 부푼 기대감이 차올랐고 모르는 척, 남편이 포장을 뜯을 때까지 기다렸다.

상자를 열고 천 주머니에서 꺼낸 손거울의 첫인상이란, <그 시절 사대부 여인들의 소품>이라는 전시가 있다면 진열됐을 법한 것, 딱 그 정도였다. 예상했던 형태나 무늬, 색이 아니었던 터라 나를 생각해준 마음이 정말 고마웠지만, 표정 관리엔 실패했다. 눈치를 보던 가여운 남편은 반품할지를 묻다가 플라스틱이 아닌 자개 거울이라고, 핸드메이드고 가운데에는 못난이지만 진주가 박혀 있는 것이라고, 선택하게 된 매력과 장점을 어필했다. 그리고 덧붙였다. 10년, 20년 시간이 지날수록 나와 더 잘 어울릴 만한 것으로 고른 것이라고.

다른 무엇보다 마지막에 덧붙여 준 남편의 말이 참 따뜻했다. 당장 필요하다고 급하게 고르고 구매한 것이 아니라 나와 함께 나이 들어갈 물건을 찾아 준 거구나 싶어서. 함께 나이 들 물건을 앞으로 들이고 싶다는 이야기를 기억해 줬구나 싶어서.

미니멀 라이프를 받아들이고 거기에 제로 웨이스트라는 지향점까지 추가된 후로 가끔 알뜰함과 궁상맞음 사이에서 줄타기를 할 때가 있다. 보풀이 잔뜩 나거나 목이 다 늘어난 티셔츠를 홈웨어로 선택했을 때, 유통기한 지난 얼굴 크림을 꾸역꾸역 발과 몸에 바를 때, 구멍 난 스타킹을 구두를 신으면 보이지 않는다는 이유로 몇 번이고 신고 있을 때와 같이 말이다. 버리지 않았고 물건의 쓸모를 찾았으니 다 괜찮은 걸까, 가끔 자괴감이 들곤 한다. 습관처럼 늘 하던 일들인데, 물건만큼 내 몸과 내 생활은 존중하지 못했다는 느낌이 들 때 그렇다.

재택근무를 하면서 그런 느낌을 받은 날이 특히 많았다. 빨랫감이 섞여 검은 물이 든 속옷을 추켜 입고 요리를 하다가 기름이 튀어 얼룩진 잠옷을 그 위에 걸친 상태로 키보드를 두드리는 게 일상이었기 때문이다. 아무도 보지 않으니까 거리낌 없는 하루하루였다. 문득 그런 나를 돌아보다가 이효리 씨가 TV 프로그램 <캠핑클럽>에서 멤버들에게 이야기한 남편과의 일화가 떠올랐다. 의자의 밑바닥을 오래 사포질하는 남편을 보고 '아무도 알아주지 않고 보지도 않을 곳에 왜 이렇게 신경 쓰냐?'고 물었더니 '내가 알잖아.' 했다던 그 일화가. 남들은 몰라도 내 자신을 스스로 기특하게 여기는 순간이 많아져야 한다던 그 부분이.

내 손때가 가득 묻은 물건들로 주변을 채우고 싶지만 '오래'를 위해 선택한 것들이 '나에 대한 소홀함'과 동일하지는 않길 바란다. 어쩔 수 없어서, 대체품을 찾기 귀찮아서, 너무 익숙해져서와 같은 생각에서 비롯된 것들보다 나 스스로를 존중한다는 느낌이 가득한 물건들이 주변에 놓였으면 좋겠다.

그래서 그 이후 실밥이 이리저리 풀려 쪼그라들고 얼룩졌지만 편하다는 이유로 놔뒀던 속옷과 사실은 더 많은 곳에 구멍이 나 있던 팬티스타킹, 보온의 역할이 이미 사라진 기모 후드티를 비웠다. 그리고 남편의 숙원 사업과도 같았던 쿠션 팩트도 화장품 용기 어택에 다시 실어 보냈다.

뚱뚱하지만 가벼웠던 팩트 대신 배는 무거워 존재감을 톡톡히 드러내는 새로운 손거울, 한쪽엔 확대경이 달려 있어 남편에게도 안 보여 주는 덧니 하나를 자세히 볼 수 있는 매력적인 아이템이 된 손거울이 남았다. 드러내고 싶어도 이를 못 드러낸 채 홀홀 웃는 할머니가 됐을 때도 야무지게 꺼내 쓰는지 남편이 꼭 지켜봐 주기를.

남편 '기'의 이야기

아내가 잘 사용하던 화장품을 다 쓰더니 비우겠다고 말했다. 홈쇼핑에서도 완판 행진을 몇 차례나 하던, 가성비 좋으면서도 아내의 피부 타입에 잘 맞는 것이라 알고 있던 쿠션 팩트였다. 아내는 여느 여성들처럼 식사를 마치고 화장을 고치기 위해 거울이 달린 그 쿠션 팩트를 자주 꺼냈고, 가끔씩 내게도 거울이 필요한 순간들이 있으면 건네곤 했다. 꽤 흡족하며 유용하게 쓰는 걸 지켜봐 왔던 터라 비움의 이유가 궁금했다.

궁금함과는 별개로 조금 설레기도 했다. 나에겐 비울 물건을 예고하는 아내의 소지품을 교체해 주는 것이 즐거움 중 하나였기 때문이다. 나는 거울 대용으로도 사용하는 그 팩트도 언제가 될지 모르지만 내심 비워질 때를 기다리고 있었고, 그때를 대비해서 쓸 만한 거울을 생각하고 있었다.

드디어 아내가 화장품을 비우겠다는 선언을 실행하는 날이 찾아왔다. 하지만 쿠션 팩트는 다시 아내의 손에 돌아왔다. 변심 이유가 궁금해져 아내에게 물어 보자 거울을 돈을 지불해서까지 사고 싶지 않고, 찾는다고 맘에 드는 게 있을지도 모르겠다는 답이 돌아왔다.

그건 아내에겐 다 쓴 화장품 케이스를 버릴 수 없는 이유였지만, 내게는 거울을 반드시 대신 구매하고 말겠다고 다시 한번 다짐하게 만드는 답변이었다. 나는 야심 차게 그동안 눈여겨보아 왔던, 외관이 마치 수공예품처럼 고급스러운 거울을 주문했다.

며칠 뒤, 도착한 택배를 갖고 뿌듯한 마음으로 집에 들어갔다. 아내는 무얼 주문했냐며 택배에 관심을 보였다. 상기된 마음으로 아내를 옆에 앉혀 놓고, 다른 때보다 더 조심스럽게 포장을 푼 뒤에 내용물을 꺼냈다.

그러나 아내에게 물건을 보여 준 순간, 늘 정직한 표정으로 만족도를 표현하는 아내의 얼굴에 찰나의 당혹스러움이 지나갔다. 무언가 반응해 주고 싶었던 것 같은데, 잠시 정적이 흐르기까지 했다. 며칠 간 출퇴근 통근 버스에서 열심히 상품을 비교하고, 힘들다는 오더 메이드를 요청하던 순간이 머릿속을 스쳤다. 허탈함과 서운함이 뒤섞여 마음이 복잡해졌다. 나는 침착하게 선물을 고른 이유에 대해 설명했다. 유행 타는 소재나 디자인이 아니었으면 했고, 그래서 질리지 않고 내내 사용할 수 있으며, 익숙해진 물건이 되어 내가 없는 언제가 오거든 나를 대신해서 늘 당신의 곁에 있으면 좋겠다고 생각되는 것을 골랐다고 말이다. 당시 우리는 '물건의 나이'라는 주제에 꽂혀 있었기 때문에 새로 선물한 거울이 훗날 함께 기억할 나이 든 물건이 되길 바라는 마음도 담겨 있었다.

내 설명이 그럭저럭 괜찮았는지, 그 이후부터는 무거운 물건을 가방에 넣어 다니는 걸 좋아하지 않는 아내가 어딜 가더라도 못난이 진주 거울을 챙겨 다닌다. 밥을 먹으러 간 식당에서 혹은 방바닥에서 머리를 빗다가도 꺼내거나 찾아와서는 본인의 얼굴을 물끄러미 바라본다. 이런 모습을 볼 때면 참 보람되고 고마운 마음이 든다.

제로 웨이스트를 시작하고는 아내뿐만 아니라 주변 사람들에게 어떤 물건을 선물하는 일이 이전보다 더 어려워졌다. 한두 번 사용하고 잊힐 물건이 아니라 물건을 지닐 사람의 상황이나 더 먼 미래까지 상상하게 됐기 때문이다. 별다른 노력을 들이지 않더라도 오래 지니고 싶을 만한 물건을 그들에게도 잘 찾아 주고 싶다.

비누는 죄가 없다

아내 '슬'의 이야기

우리는 제로 웨이스트 라이프를 꿈꾸며 플라스틱 물건을 하나씩 바꿔 갔다. 가장 먼저 거부감 없이 쉽게 바꿀 수 있던 것은 욕실 용품이었다. 플라스틱 손잡이의 칫솔은 대나무 소재로 바꿨고, 플라스틱 치실은 실크나 옥수수 전분으로 만든 것으로, 너무 흔해서 쓰레기라 인식하지 못하는 휴지도 생산부터 분해까지 환경을 덜 파괴하는 대나무 소재로 교체했다. 무엇보다 세정제를 대대적으로 바꿨는데, 욕실 선반 위 길게 진열돼 있던 플라스틱 용기들 대신 종이 포장지로 감싼 고체 비누들을 용도에 따라 여러 개 들였다.

비누. 지금은 비누를 익숙하게 손에 쥐고 있지만, 액체 형태의 샴푸와 보디 용품 대신 고체를 들이는 게 처음부터 쉬웠던 것은 아니었다. 액체 용품의 편리함도 컸지만, 비누에 대해 편견이 생길 만한 여러 가지 일이 있었기 때문이다.

비누가 머릿속에 인상적으로 남은 최초의 기억은 마당에서 폐식용유로 세탁 비누를 만드는 할머니의 모습이다. 할머니는 여름이면 하루 종일 나무 막대기로 큰 대야 속 식용유를 저었다. 그때를 떠올리면 아직도 찐득한 기름 냄새가 코끝에 선명히 맴돈다. 나는 마당을 휩쓸다 못해 집 안까지 들어오는 그 냄새가 지독히도 싫었지만, 그럼에도 불구하고 저으면 저을수록 굳어가는 식용유가 신기해 먼발치에 쪼그려 앉아 기름 젓는 할머니를 바라보곤 했다.

누렇고 투박한 네모의 비누는 고체가 되고 나서도 여전히 불호의 냄새를 풍겼다. 모양이라도 예쁘면 괜찮았을지도 모를 텐데, 녹고 뭉개진 채 빨간 양파망에 달라붙은 비누는 내게 여러모로 좋은 인상을 줄 수 없었다. 지금 와 돌이켜보면 폐식용유도, 양파망도 알뜰히 사용하셨던 할머니의 환경을 생각하는 삶에 절로 감탄이 나오지만 말이다.

비누는 우리가 할머니와 다른 집에 살기 시작하면서부터 서서히 잊혀 갔다. 손 닦는 비누 하나를 제외하고는 집안의 모든 청결 용품이 플라스틱 통으로 바뀌었기 때문이다. 그나마 있던 손 비누도 가족 모두가 사용하다 보니 깨끗하게 관리하기 힘들었는데, 무르기 시작하면서는 손자국이 선명히 남아 위생적으로 불결한 느낌까지 줘서 사용 횟수가 줄었다.

물비누를 사용하는 곳은 세련되었고, 비누를 쓰는 우리 집은 촌스러워 보였다. 여행을 가도 좋은 숙소에는 친숙한 펌프형 제품들이 놓여 있었고, 그보다 더 고급스러운 숙소에 머물게 되면 통일된 무채색 용기들을 볼 수 있었다. 그때부터 은연중에 머릿속에는 일회용 용기와 그 안에 든 액체 세정제들이 '고급스러움'이란 단어처럼 새겨졌던 것 같다. 미래의 내 신혼집 욕실 안에도 당연히 저런 것들로 채워야 할 것 같았고, 막연한 '언젠가'에 꼭 그렇게 하겠다고 다짐도 했다.

하지만 지금 우리 집엔 비누가 5개 있다. 욕실에 3개, 주방 전용 1개, 주방과 세탁실을 오가며 공용으로 쓰는 것 1개 이렇게. 제로 웨이스트가 녹아든 덕분에 미니멀 라이프를 지향하는 사람치고는 제법 비누가 많다.

사실 비누가 이렇게 늘어날 줄은 몰랐다. 처음에는 우리 생활에 미니멀 라이프가 더 우선되면서 부피 차지가 적은 올인원 제품을 선호했기 때문이다. 하지만 쓰다 보니 조금만 열이 오른다 싶으면 뽀루지가 올라오는 예민한 피부, 파워 지성 두피를 지닌 내게 하나의 피부 타입에 맞춘 올인원 제품은 적합하지 않았다. 머리부터 발끝까지 하나로 사용하다 보니 너무 헤퍼서 구입 주기가 잦고, 그만큼 돈이 술술 나가는 것도 문제였다. 물건을 줄인 만큼 고민이 커졌다. 결국 쓰임에 따라 비누가 하나, 둘 늘어났다.

제로 웨이스트를 지향하고부터는 쓰임도 쓰임이지만 브랜드의 이념과 배송 포장법, 성분 등도 고려하며 비누를 고르게 됐다. 지구에 좋은 게 내 몸에

미니멀과 제로 웨이스트 사이에서
이 부부가 사는 법

도 좋다는 생각으로. 같은 비누라도 이왕이면 비건 제품을, 포장재도 비닐보다는 종이, 종이라면 비목재인지를 확인했고, 가능하다면 아예 없는 브랜드를 선택하려 했다. 덕분에 쓰는 중에도, 쓰고 나서도 나오는 일회용 쓰레기는 '제로'다.

글을 쓰며 곰곰이 생각해 봤더니 비누는 제로 웨이스트뿐만 아니라 미니멀 라이프와도 맞닿아 있는 듯하다. 비누는 시작과 끝이 명쾌하기 때문이다. 플라스틱 용기에 든 제품처럼 별도의 펌프질 없이 사용할 수 있고, 줄어드는 게 눈에 보이니 언제 새것을 사야 할지 타이밍을 잴 필요가 없다. 다 사용했다고 생각하는 샴푸 통 혹은 세제 통을 깨끗하게 써 보겠다며 물을 붓고 흔들어 며칠의 생명을 연장하는, 환경 보호와 구질구질함 사이의 노력도 필요 없다. 에너지의 미니멀인 것이다.

이렇게 장점이 많은 비누인데 투박한 냄새와 모양으로만 판단하다니. 새삼 폐식용유로 만든 재생 비누와 물러졌다고 외면한 손 비누에 미안해진다. 비누는 죄가 없다 예슬아. 과거의 나에게 꼭 해 주고 싶은 말이다.

남편 '기'의 이야기

난 비누에 대해 좋은 기억과 나쁜 기억 두 가지를 모두 가지고 있다. 비누에 대한 좋은 기억은 국민학교 시절(나이가 미니멀하지 않다) 미술 시간으로 거슬러 올라간다. 실습 숙제로 비누 조각이 제시된 날, 나는 동네 슈퍼에서 하얀색 빨랫비누를 구매했다. 소소한 재료인 비누에 짝꿍의 얼굴을 스케치하고 다듬어 완성하는 게 얼마나 재미있던지. 세심한 작업이 꽤나 적성에도 맞아 나는 그해 어버이날과 가족들의 생일에 조막손으로 조각한, 전혀 닮지 않은 비누 조각을 선물하기까지 했다. (훗날 그 선물들은 어머니의 세탁용 비누가 된다.)

조각도에 의해 깎여 나가는 비누의 미끈거리는 촉감과 향은 오랜 기간 내게 좋은 기억으로 남았지만, 군에 입대하면서는 이미지가 반전됐다. 바로 빨랫비누로 하던 '식판 설거지' 때문이었다. 그때 썼던 비누는 파란색의 빨랫비누로, 지금 사용하는 설거지용 비누와는 차원이 달랐다. 품질이 저급이었는지 잘 안 닦여서 아무리 물로 씻고 헹궈도 다음 식사 시간이면 뿌연 비눗물 자국을 발견할 수 있었는데, 비위가 약했던 내게 밥 먹기 전 마주하는 더러운 식판과 밥 먹은 후 비린 냄새 가득한 설거지 시간은 곤욕일 수밖에 없었다. 청결을 담당하는 비누가 오히려 그 반대의 이미지만 가득 심어 줬다.

그랬기 때문에 제대 후 내 손이 자연스레 플라스틱 통에 담긴 샴푸와 보디 워시로 향했던 건 당연한 수순이었다. 입사 후 해외 출장을 가면 준비된 어메니티[3]를 펑펑 썼고, 남으면 훈장인 양 가져와서 자랑하듯이 집에 놓기도 했다. 하지만 온갖 화학 성분이 들어간 용품은 잠깐의 향기만 남길 뿐, 몸에 독을 쌓았다. 화학 성분이 일으킨 간지러운 두피와 트러블이 올라온 등 때문에 나는 꽤나 오래 피부과를 다니기까지 했다.

제로 웨이스트를 시작한 뒤로는 해외 출장을 가도, 여행을 가도 숙소에 있는 어메니티는 사용하지 않는다. 안내 데스크에 미리 이야기해서 빼거나, 제외 요청 타이밍을 놓쳤다면 체크아웃할 때 미사용 표시를 해 둔다. 2019년에 아내와 함께 일주일간 멀리 유럽으로 휴가를 떠난 적이 있는데, 그때도 우리는 숙소에서 집에서 가져간 비누 하나만 사용했다. 줄인 만큼 짐이 가벼웠고, 색다른 도전으로 둘만의 추억거리도 많이 만들 수 있었다. 비누, 그 작은 것 하나 덕분에.

아내의 말처럼 우리가 사용하는 5개의 비누는 적어도 플라스틱 쓰레기를 남기지 않는다. 개수는 많아도 플라스틱 용기보다 자리를 많이 차지하지도 않는다. 그럴듯한 포장도 없고, 고유의 향이 강하지 않은 무색무취의 것들이나 만족스럽다.

다시 비누에 대해 좋은 기억이 쌓이기 시작한다.

---

3. 생활 편의 시설. 여기서는 투숙객의 편의를 위해 호텔 측에서 비치한 비품을 일컫는다.

미니멀과 제로 웨이스트 사이에서
이 부부가 사는 법

내가 죽으면 혼수 한복을 입혀줘

아내 '슬'의 이야기

나는 대학생 때부터 허례허식 없는 결혼식을 꿈꿨다. 단 몇 시간을 위해 결혼식에 많은 돈을 투자하는 건 비효율적이라고 말하던, 결혼한 선배들의 공통된 조언이 있었기 때문이다. 주목받는 상황을 그다지 즐기지 않는 개인적인 성격도 소박한 결혼식을 원하는 데 일조했다. 다행히 결혼식은 그냥 형식일 뿐이라는 내 생각에 예비 신랑이었던, 지금의 남편도 동의했던 터라 오랜 바람처럼 결혼 준비는 간소할 수 있었다. 딱 한 가지, 한복을 빼면 말이다.

"한복은 맞췄으면 좋겠다고 하셔." 어느 날 예비 신랑이 시어머니의 말씀을 전해왔다.

한복. 나는 여러 사람의 결혼식을 다니면서 다짐했었다. 다른 이들의 결혼식에서 본, 한복을 맞춘 어머니들이 손을 잡고 버진로드를 걷는 모습은 참 아름다웠기에, 내 결혼식의 포문을 열 어머니들께는 기꺼이 고운 한복을 선물하겠다고. 그래서 어머니들의 한복을 맞추는 것에는 전혀 이견이 없었다. 문제는 바로 그 '한복을 맞춰야 하는 사람'에 나와 예비 신랑도 포함되어 있다는 것이었다.

결혼식에서뿐만 아니라 결혼이 끝나고도 입을 수 있는 예쁘고 실용적인 커플 정장이 얼마나 많은데 왜 굳이 한복을……? 난 깔끔한 슈트를 입고 하객인 듯 주인공인 듯 어우러져서 멋지게 인사하고 싶었는데, 폐백을 한다 해도 폐백용 한복은 따로 있고, 우린 심지어 폐백도 안 하는데! 예정에 없던 요청과 강요 사이의 의견이 당황스러웠다.

"어머니의 유일한 부탁이셔."와 "어머니들 한복은 맞출 거라니까?" 사이에서 답이 나오지 않는 긴 충돌이 이어졌다. 그렇게 며칠을 다퉜을까, 결국 이 문제는 직접 시어머니께 말씀드려야 해결될 것 같다는 생각이 들었다.

한복을 맞추러 모두 종로에 모이는 날이 찾아왔다. 가족들도 읽기 때문에 길게 설명했다가는 난처해질 수 있으니 요약하자면, 과정은 복잡했으나 결론은 심플했다. 현장에서 나는 신랑과의 눈싸움, 현란한 눈알 굴리기, 눈 부릅뜨기를 몇 차례 반복했지만, 애써 외면한 건지 알아차리지 못한 건지 그러한 노력이 무색하게 한복 매장을 나오는 내 손에는 카드 영수증이 쥐어져 있었다. 연회장을 돌며 잠깐 인사하는, 그 찰나를 위해 결국 한복을 맞춘 것이다. 기혼자들이 지나고 나면 제일 불필요했던 결혼식 준비 비용이라 침 튀기며 이야기하고 극구 만류한다는 한복을. 그것도 인당 백만 원이 넘는 것으로.

그리고 대망의 결혼식 날 예상은 빗나가지 않았다. 어머니들은 아름다웠으나 우리는 고작 십여분 남짓한 시간만 한복을 입고 연회장을 돌았다. 아니, 너무 허기져서 잘 들어가지도 않는 밥을 먹던 순간까지 포함하면 삼십여 분 남짓이려나.

그 후 일 년간 한복은 꽤 큰 부피로 옷장의 한 공간을 차지했다. 나는 놀고 있는 한복을 볼 때마다 본전이 생각나서 마음이 아팠다. 어찌나 아까웠던지 친구들이 결혼할 때마다 한 번 입어 보지 않겠냐며 한복을 빌려주려고 고군분투했다. 하지만 그런 노고에도 혼수 한복이 바깥바람을 쐰 횟수는 한 손에 꼽았다. 억울해서 입고 경복궁에라도 가야겠다고 매년 봄마다 마음먹었지만, 거추장스러운 한복을 이고 지고 갈 자신도 없었고, 그렇다고 한복을 입고 지하철이나 차량을 이용해 왕복 두 시간이나 되는 거리를 오갈 자신은 더더욱 없었다.

그럼 처분하면 되잖아. 혹자는 이렇게 생각할 수도 있다. 헌옷수거함에 넣는 것부터 중고판매 혹은 나눔 등 비울 수 있는 방법은 많았으니까. 하지만 이상하게 나는 어떠한 방법도 선택할 수 없었다. 왜냐하면 첫 번째로는 부부가 되는 경건한 행사를 함께 겪은 한복이 헐값에 후려쳐져 팔리는 꼴을 보고 싶지

미니멀과 제로 웨이스트 사이에서
이 부부가 사는 법

않았기 때문이었고, 두 번째로는 너무 잠깐 입었다 보니 내 한복을 빌려간 친구의 사진이 내가 입고 찍은 것보다 많다는 아이러니함 때문이었다.

이처럼 구구절절 안타까운 사연이 있다 보니, 한복을 아무렇게나 처리하기보다는 활용 방법을 한번 찾아보자는 생각이 들었다. 통신 판매업 신고 후 한복 대여를 시도해 볼까, 생활 한복으로 업사이클링해서 유니폼처럼 입고 다녀 볼까 하면서 말이다. 그러다가 부부의 연을 맺었을 때 입고 있었으니 부부의 연이 끊어질 때 다시 입는 건 어떨까 싶었다. 이혼 얘기가 아니다. 내 말은 혼수 한복을 수의로 하면 어떨까 하는 말이었다. 죽었다는 이유로, 예전부터 으레 그랬다는 이유로 평소에 만지지도 않던 원단의 것을 걸치느니 그래도 입어 봤던, 서로에게 어울릴 모양과 색을 고심하며 골랐던 옷을 마지막에 입는 게 훨씬 더 의미 있을 것 같다는 생각이 들었다.

내가 이런 생각을 가진 데에는 법의학자 유성호 씨의 저서 『나는 매주 시체를 보러 간다』를 읽은 것도 한몫했다. 그는 어느 에피소드에서 직업상 삼베로 된 수의를 자주 보는데, 살아생전 한 번도 안 입어 본 옷을 왜 죽은 사람에게 입히나 하는 생각이 들어서 조금 마뜩잖다며 자신의 생각을 밝혔다. 추가로 자신의 수의는 결혼할 때 아내가 마련해 준 예복을 입혀 달라고 구체적으로 요청했다는 내용도 덧붙였다.

나는 그 부분을 읽고 장례식과 수의에 대한 개방적이고도 실용적인 생각과 저자가 가진 가족에 대한 큰 애정을 느꼈다. 동시에 내가 받은 깊은 감명을 되새기고 싶었다. 나는 그 부분을 필사했고, 간직하기 위해 스마트폰으로 사진도 찍었다. 이 감동을 남편도 함께 알기를 바랐기에 술주정하듯 몇 차례 남편에게 찾아 읽어 주기도 했다.

"그래, 그거 저번에 한 얘기잖아."

남편은 그럴 때마다 심드렁하게 받아쳤지만, 나는 그러거나 말거나 흘려들으며 우리의 수의 프로젝트를 위해 조금씩 미끼를 던졌다. 그 덕분인지 수의를 한복으로 하자고, 어느 날 단도직입적으로 꺼낸 내 제안을 남편은 생각보다 쉽게 받아들였다. 그렇게 우리의 결혼식 한복은 이날부로 우리의 수의가 됐다.

구체적인 장례 절차나 방식은 아직 정하지 않았지만, 수의는 정하고 나니 마음이 한결 편해졌다. 가족들 앞에서 수의를 공언해 놓는다면 훗날 업체가 권하는 비싼 원단을 내 죽음에 대한 상실감이나 슬픔 때문에 아무 생각 없이 승낙하지는 않을 테니 말이다.

한복을 수의로 정한 장점은 그뿐만이 아니다. 태운 옷은 하늘에서 입을 수 있다니까 살쪄도 티나지 않을 편한 한복을 선택한 나는 천국에서의 먹방을 두려워하지 않아도 되리라. 새삼 친구들이 모두 결혼을 해서 다행이라는 생각도 든다. 너의 피로연 때 입어 보라며 발악하고 입힌 그 한복이 사실은 내 수의였다고 고백하지 않아도 되므로.

여전히 한복은 우리 집 옷장에서 많은 부피를 차지하고 있다. 그렇지만 이제는 더 이상 옷장을 열 때마다 한복 케이스를 애써 외면하지 않는다. 처음 입었던 그때처럼 다시 의미를 되찾았기 때문이다. 그러니 볼 때마다 마음에 되새겨야겠다. 비교적 간소했던 결혼 절차처럼 우리의 장례식도 허례허식이 없기를, 그 시작이 저 한복이기를.

남편 '기'의 이야기

내 어머니는 생계를 위해 한복과 관련된 일을 몇 년간 하셨다. 하지만 아이러니하게도 돌잔치 한복도, 유치원 생일잔치 한복도 온전히 내 것으로 소유해 본 적이 없다. 일하시던 곳이 어머니의 한복 가게가 아니었을뿐더러, 어머니의 역할은 고가의 맞춤 한복을 지정된 장소로 전달하는 것이었기 때문이다. 한복을 이고 다닐 수밖에 없던 빠듯한 가계 사정을 떠올려 보면 가족을 위해 한복 한 벌 마련하는 것이 그 당시 부모님에겐 결코 쉬운 일이 아니었음을 잘 알지만 남는 아쉬움은 어쩔 수 없다. 그래서일까, 앞으로 꾸려 나갈 우리 삶이 미니멀을 향하기로 했고, 그 시작인 결혼식 준비도 간소길 희망했지만, '한복 맞춤'에서만큼은 초연해질 수 없었다. 그래서 양가 어머니와 당사자인 우리가 모이기로 한 날이 되었을 때도 나는 복잡한 감정에 휩싸여 있었다.

그날은 더운 여름의 토요일이었고, 하필 비가 세차게 내렸다. 습해서 불쾌지수가 치솟는 날 우리 결혼 준비의 빅 이슈 중 하나인 한복을 맞추게 된 것이

미니멀과 제로 웨이스트 사이에서
이 부부가 사는 법

다. 이것은 앞으로 펼쳐질 일의 복선인가 싶어 불안하긴 했지만, 아내와 함께 맞출 혼수가 내 소유의 첫 한복이 될 날이기도 해 조금 들뜨기도 했다.

몇 번의 충돌이 있던 한복 맞춤, 그럼에도 설렘이 담긴 그날의 결과물은 우리의 미니멀 라이프에서 결국 복병과도 같은 존재가 됐다. 크기라도 작았으면 좋았을 텐데, 옷장을 열 때마다 저절로 눈이 갈만큼 한복 상자의 부피는 컸고, 쓸모없이 수납칸의 공간을 차지하고 있어 신경이 쓰였다.

폐백도 없는 결혼식 피로연에 짧게 등장한 이 비싼 한복은 과연 누구를 위한 것이었을까, 타인의 시각적 즐거움을 위해 우리의 감각적 불편함을 감수할 필요가 있었을까, 결혼의 필수 과정도 아닌데 왜 그때는 우리만의 기준이 아니라 남이 밟아 온 과정을 따르려 했을까, 이 모든 것을 지나고 나서야 깨달은 것이 못내 아쉽다.

만일 결혼식을 준비하던 과거로 돌아갈 수 있다면, 그때는 하객분들에게 인사를 하기 위한 복장으로 청바지에 캐주얼한 재킷을 선택하고 싶다. 동창회에 온 것처럼 모든 하객들과 편안한 차림으로 셀카를 찍는다면 우리는 결혼식을 보다 더 행복한 날로 기억할 수 있을 것 같다.

———

작년에 이어 올해도 코로나로 집에 발이 묶여 있는 시간이 많았다. 매일 속보로 뜨는 확진자 수를 보며 우린 어느 때보다 많이 삶의 의미를 되짚었고, 종종 죽음에 대해 이야기를 나눴다. 그러다가 가장 많은 개수가 남아 있는 의류에 대해 이야기를 시작했고, 우리가 지향하는 라이프 스타일에서 이도 저도 못한 채 남겨 둔 한복은 대체 무슨 의미인지 알아보자며 토론을 시작했다.

"비우고 싶어?", "비울 수 있어?" 하며 서로 간을 보다가, 부부가 된 첫 날을 위해 맞춰 입은 옷이니 마지막에도 함께 했으면 좋겠다는 아내의 제안, '수의'를 받아들였다. 이 제안에 쉽게 응할 수 있던 것은 코로나 직전 치른 아버지의 장례식 영향이 가장 컸다. 장례용품 카탈로그에 나열된 수의 사진을 보았을 때, 그 수의를 설명하는 담당 직원과 대화할 때, 자본주의의 또 다른 모습이 고스란히 느껴져 탐탁지 않았기 때문이다.

다만, 수의로 활용하려면 앞으로 몇 십 년을 또 방치해야 하니 부부를 위한 기념일처럼 삶에서 특별한 날에도 입었으면 좋겠다는 의견을 덧붙였다. 결혼 5주년, 10주년, 더 나아가 은혼식, 금혼식을 위한 기념 촬영에서도 이 한복을 입는다면 그 의미가 더 빛을 발할 것 같았기 때문이다.

앞으로 몇 번을 더 입게 될지 모르겠지만, 옷이 가진 기능에 맞게 쓸모를 찾고 의미를 부여하고 싶다. 그리고 우리 중에 누군가가 먼저 떠나게 되는 날, 우리의 처음을 맞이했던 그 한복을 입고 가서 상대방을 기다리기로 한 약속도 지키고 싶다.

온전한 내 것의 한복 하나가 마지막을 위해 고이 놓여 있다.

많은 것이 필요하지 않은 아날로그 삶

아내 '슬'의 이야기

나와 남편은 결혼을 준비하면서 미니멀 라이프에 대해 많은 이야기를 나눴고, 합의점을 찾아가려 노력했다. 우리는 혼수 리스트에 휘둘리지 말고 꼭 필요한 최소한의 것만 준비하자고 다짐했다. 하지만 아무리 진지한 태도로 임한다고 한들, 그때 이야기했던 '결혼 생활'은 시작되지 않은 상상의 것이었기에 서로가 말하는 '최소'의 기준은 명확할 수 없었다.

결국 우리는 미니멀 리스트라고 부르기에는 민망할 만큼 세탁기나 냉장고, TV 등 갖출 건 갖추고 살게 되었다. 하지만 각자가 결혼 전에 생활하면서 없어도 괜찮았던 것들은 서로 합의하에 사지 않았다. 그리고 그 결과, 지금까지도 건조기, 전자레인지, 선풍기, 가습기, 다리미, 에어 프라이어, 토스터기, 정수기 등이 없어도 잘만 지낸다. 여기서는 그중에서도 가장 먼저 제외 리스트에 올랐던 '전자레인지'에 대해 이야기해 보려 한다.

나는 부지런한 듯하면서도 꽤 게으른 편이라서 신혼 초, 남편이 출장 가거나 긴 외출을 하게 되면 식사는 보통 '귀찮으니 안 먹는다.'와 '덜 귀찮으니 사 먹는다.' 중에서 택하는 경우가 많았다. 이만큼 게으르지만, 내가 건강이 특별히 나쁘지 않은 것은 다 가전의 미니멀 덕분이라고 생각한다. 특히 전자레인지를 사지 않은 건 그야말로 무한 칭찬감!

전자레인지는 해동에 특화된 가전이다. 그리고 세상에는 이 전자레인지로 요리할 수 있는 맛있는 냉동식품이 넘쳐난다. 그런데 집에 그게 없으니 나는 자연스럽게 냉동식품을 멀리하게 됐다. 귀찮더라도 밥솥을 닦아 밥을 안치고, 그때그때 냉장고에서 재료를 꺼내 요리했다. 없으면 없는 대로 살다 보니 적응이 되어 이젠 전자레인지가 있는 곳에서도 사용하는 일이 드물다.

내가 이렇게 변하게 된 데는 미니멀 라이프, 제로 웨이스트와 더불어 최근 비건을 지향하게 된 것도 한몫했다. 고기와 해산물을 먹지 않으니 장을 보면 바구니에는 데우거나 해동할 일이 거의 없는 식자재인 과일이나 채소류가 담긴다. 식감이 있는 상차림을 차리고 싶으면 두부를 굽거나, 감자를 졸이거나, 가지를 볶는데, 이 정도가 식사를 위한 조리의 거의 전부라서 5년 전보다 더 전자레인지가 필요 없어졌다. 결혼 전 허구한 날 인스턴트 떡볶이를 사 와서 전자레인지에 돌려대던 그 애가 맞는지, 그때의 내가 익숙한 엄마가 지금의 나를 본다면 엄청 낯설어 할 것 같다.

세탁한 옷을 빳빳하게 펼쳐 말리다 보니 다리미 역시도 점점 필요성이 줄고, 가습기가 필요할 때는 수건에 물을 적셔 널어놓는다. 그럴듯하게 차리는 주말의 브런치보다 늘어지게 자는 아침잠이 더 달콤해서 토스터기도 스킵! 편리함에 녹아들어서 그렇지 생각보다 '없어도 괜찮은' 가전이 많다는 것을, 가전의 성능이 업그레이드될수록, 시간이 지날수록 더 느끼는 요즘이다.

남편 '기'의 이야기

내 삶에서 전자레인지는 마이너한 코드를 지닌 가전이다. TV나 냉장고처럼 제법 삶에 큰 영향을 끼치는 가전과는 상대적으로 거리가 있다. 인스턴트 음식을 별로 좋아하지도 않고, 음식을 얼렸다가 녹여 먹는 것은 왠지 건강해 보이지 않는다는 나름의 선입견이 반영된 결과이기도 하다. 그래서 전자레인지를 사용한 기억이라고는 부모님과 함께 살던 시절의 것과 회사일로 장기간의 해외 출장을 가서 이용한 것이 전부다.

내가 성인이 되고도 부모님은 각자의 이유로 야간에 일을 하셨는데, 학교 수업을 마치고 오거나 회사 퇴근 후 홀로 챙겨야 하는 늦은 저녁은 '귀찮음' 그 자체였다. 그래서 집 근처에서 구입한 인스턴트 밥을 전자레인지에 자주 돌렸다. 2~3주간의 해외 출장을 떠나게 될 때도 현지 음식보다는 한국인이 많이 이용하는 한인 마트에서 인스턴트 밥과 조리할 음식을 구입하곤 했다. 전자레인지가 돌아가며 나는 특유의 기계음과 조리가 끝났을 때 들리는 경고음은 내 마음을 항상 불편하게 했지만, 3분 안에 따끈한 밥을 내어 주는 기가 막힌 성능 때문에 아주 유용하게 잘 사용했다.

그러던 나였는데, 지인으로부터 어떤 이야기를 듣고 나서부터는 전자레인지를 조금씩 멀리하게 됐다. 지인은 운동을 열심히 하고 좋은 음식을 늘 챙겨 먹는, 건강과 체형에 꽤나 신경 쓰는 사람이었는데, 그가 어느 날 조리할 때 나오는 전자파가 식품의 분자를 건드려 영양소를 변형시키고 파괴하며 암을 유발할 수 있다면서 전자레인지의 전자파에 대한 충격적인 이야기를 해 주었다. 이야기에서 그친 게 아니라 그러한 이야기가 담긴 TV프로그램까지 보여 주며 본인은 그 이야기를 들은 후에는 절대 전자레인지를 안 쓴다고 말했다. 지금은 국립전파연구원에서 전자파 측정 결과 문제가 없다며 홈페이지에 설명하고 있어 사실이 아님을 알지만, 당시 나는 그의 전자레인지 손절 이유에 크게 공감했고, 왠지 속이 거북해졌다. 전자레인지로 조리해 먹었던 이전의 음식들에 변형된 영양소가 가득했던 것 아닌가 싶어서 불쾌한 느낌이 들었고, 그때까지 전자레인지로 조리해 먹었던 요리가 독이 되어 온몸에 퍼져 있을 것만 같았다. 그 기분은 지금까지 남아 그 이후로는 인스턴트 밥과 전자레인지용 음식들은 쳐다보지도 않는다.

그런 나였기에 전자레인지는 결혼 준비를 할 때 사야 할 가전제품 목록에서 '1순위로 제외할 가전'이 되었다. 아내에게 굳이 개인의 느낌까지는 얘기하지 않았다. 그저 잠깐의 편리함을 위해 커다란 장식품을 들여놓고 싶진 않다고, 맞벌이라서 사용하는 빈도도 적을 것 같은데 잘 사용하지 않는 가전이 작은 집을 점령하는 게 손해 보는 느낌이 든다고 설명했다. 그 결과는 성공적. 결혼 5년 차에 접어든 지금도 여전히 잘 지내고 있는 걸 보니, 전자레인지는 불필요한 가전이 맞는 것 같다. 물론 이것은 지극히 개인적인 생각일 뿐, 전자레인지 산업에 물의를 일으킬 생각은 없다

냄새 없는 사람들

아내 '슬'의 이야기

나는 인공적인 냄새를 좋아하지 않는다. 향으로 유명한 L 브랜드의 매장을 지나갈 때면 매장에 닿기 수십 걸음 전부터 냄새 레이더가 발동해서 숨을 참고 뛰어갈 준비를 할 만큼 말이다. 그렇다 보니 남들은 자신의 상징 수단으로 사용하기도 한다는 향수도 내게는 그저 '불쾌한 냄새'가 담긴 통에 불과하고, 집에서 쓰는 제품 중에서도 향이 나는 것은 거의 없다. 그나마 이건 좀 괜찮다 싶은 생각이 드는 향은 은은한 섬유 유연제나 금방 냄새가 날아가 버리는 몇 가지의 핸드크림 혹은 립밤 정도뿐이다. 그야말로 무색무취라는 단어에서 '무취'라는 말이 어울리는 사람이다.

원래도 그랬던 나인데, 제로 웨이스트를 하고 나니 더 그런 사람이 됐다. 무취한 사람, 아니, 스스로 지닌 본연의 향기가 나는 사람이 말이다. 자연 유래 성분으로 만든 비누들은 밖에 잠시만 내놓아도 금방 향이 날아갈 만큼 은은하고, 샴푸 비누는 머리를 감고 말릴 때쯤이면 잔향도 남지 않는다. 세탁할 때도 일반 세제가 아닌 소프넛을 사용하다 보니 옷에서도 별다른 냄새가 나지 않는다. 유일하게 내게 냄새를 덧입히는 것은 그때그때의 환경 정도로, 옷을 햇볕에 말리면 바삭한 냄새가, 세탁기 청소를 해야 할 즈음에는 조금 쿰쿰한 냄새가 상황에 따라 아주 솔직하게 난다. 그래서 지금의 나는 온몸을 격하게 흔들 때, 머리를 젖힐 때, 정수리내가 안나면 감사할 따름이 됐다.

이런 나와는 다르게 남편은 향을 좇는 사람이었다. 서로 향에 민감한 것은 같지만, 그 방향이 다른 식으로 발현됐다. 그래서 결혼하고 가장 많이 부딪히고 의견을 나눈 부분이 '섬유 탈취제'의 사용 유무였다. 남편은 외출만 하고 오면 옷을 거의 섬유 탈취제에 절이다시피 했다. 한두 번 분사해도 온 집안이 그 향으로 뒤덮일 만큼 공간이 작은데, 두 손으로 셀 수도 없을 만큼 뿌려 대는 통에 머리가 아팠다.

인위적으로 향을 낸 액체를 그렇게 뿌려 대는데 과연 몸에 아무 탈이 없을까, 이러다 호흡기에 병이라도 나는 건 아닐까 걱정됐다. 나는 열심히 검색해서 남편이 쓰는 섬유 탈취제 대신 성분이 순하다는, 비싼 피톤치드 향 탈취제를 구입해 서프라이즈처럼 선물했다. 한 번 분사하면 오래 나온다는 장점을 밝게 곁들여서. 하지만 남편은 내 마음도 모르고 분사할 때의 손맛이 이게 아니라며 탐탁지 않아 했다. 향에 대한 피드백도 그리 친절하지 않았다.

사실은 나도 알고 있었다. 인공적인 섬유 탈취제에 길들여졌는지 나도 그 향이 좋다는 생각은 안 들었으니까. 그러나 좋은 의도로 한 선물인데 고맙다는 인사보다 부정적인 이야기가 먼저 돌아오니 서운함이 밀려들었다.

나는 그게 선물을 받은 사람의 태도냐고 쏘아붙였다. 남편은 싸움을 좋아하지 않는지라 곧바로 사과를 했지만, 내 기분은 쉽게 나아지지 않았다. "쓰지 마. 내가 산 거니까 나만 쓸 거야." 하고 곱지 않은 말이 튀어나왔다. 연이은 사과와 잠깐의 투닥거림 끝에 우리는 꼭 필요한 물건만 들고 남기자는 우리만의 라이프 스타일에 섬유 탈취제가 어떤 가치를 갖는지 이야기를 나눴다. 그리고 끝내 남편이 자신의 의견을 굽혔다. 섬유 탈취제를 더 이상 사용하지 않기로 한 것이다. 미니멀과 제로 웨이스트의 승리였다.

그렇게 우리 집에서는 인공적인 향들이 하나둘 자취를 감췄고, 비건을 시작하고 나서는 집 안과 마찬가지로 우리의 체취도 옅어졌다. 이건 남편도 심히 공감하는 변화로, 우리는 이제 더울 때 곁땀이 퐁퐁나도 옷에 자국이 날까 초조하지, 불쾌한 냄새가 날까 걱정하지는 않는다.

과학적으로 확인해 보지는 않았지만, 우유와 고기를 끊은 게 주요한 영향을 끼치지 않았을까 싶다. 먹는 게 곧 내가 된다는 이야기를 몸소 경험하고 있달까. 사람의 치아가 뭉툭하고 장이 긴 이유는 채소의 섬유질을 잘 소화시키기 위해서라던데, 어쩌면 인간이 조건에 맞게 가장 자연스러운 모습으로 산다면 체취가 없는 게 당연할지도 모르겠다는 생각도 든다.

———

'냄새'에 대한 이야기가 나온 김에 하나만 더 덧붙이자면, 이제 우리 집에 인공적인 향을 지닌 제품은 남편의 향수들, 딱 둘뿐이다. 하나는 옷장에서 간혹 꺼내질 날을 기다리고 있고, 다른 하나는 볼일을 마치면 남는 부끄러운 흔적을 지우기 위해 화장실 놓여 있다. 그러니 만일 우리 집에서 인공적인 향이 난다면 그건 우리가 함께 근사한 곳으로 외출하려 준비할 때거나 누군가가 화장실에서 상쾌한 해결을 한 경우, 둘 중 하나일 것이다. 같은 '향수'면서도 그야말로 극과 극의 쓰임이 아닐 수 없다. 아직 남편과 화장실을 트지 못한 나는 전자보다 후자의 향수에 '이래서 향수가 있는 거구나.'하며 고마움을 느낀다.

남편 '기'의 이야기

첫 직장에선 업의 특성상 회식이 잦았다. 그때마다 나는 온몸으로 담배 냄새와 고기 냄새를 받아냈다. 그저 버텨야 하는 시간이었고, 사회생활의 훈장이라 여기며 참아냈다. 하지만 지친 몸을 이끌고 집으로 돌아가 쓰러지듯 잠든 뒤, 다음 날 또다시 지난 밤의 체취를 맡는 것은 도무지 참을 수 없었다. 그래서 섬유 탈취제를 썼다. 매일 비싼 드라이클리닝 비용을 감당하고 싶지 않았고, 이따금 섬유 탈취제의 싸구려 냄새가 코끝에 걸릴 때도 있었지만, 어쨌든 지난 밤의 체취는 확실히 지워 주었기 때문이다.

결혼 후에도 달라질 것은 없었다. 외부 냄새를 온몸에 담아 집에 들어오면 섬유 탈취제로 열심히 옷을 코팅했다. 자동차가 생긴 뒤로는 차 내부에도 탈취제를 열심히 뿌렸다. 불쾌한 냄새를 피하고자 하는 무의식적 행동이었다. 꺼려지는 냄새를 덮어 버리면 더 좋은 게 아닌가 싶은 생각도 있었다. 그런 생각을 가져서였을까, 솔직히 아내가 탈취제 냄새를 싫어하는 게 이해 가지 않았다.

미니멀과 제로 웨이스트 사이에서
이 부부가 사는 법

그러던 어느 날, 아내가 도서관에서 빌려온 책 한 권을 우연히 읽게 됐다. 축산업의 실체를 적나라하게 담고 있는 비건에 관한 책이었다. 육식을 주로 하던 내 앞에 먹음직스럽게 놓였던 고기가 어떤 과정을 거쳐온 것인지 힘들이지 않고 상상할 수 있을 만큼 내용이 구체적이었다. 괜히 판도라의 상자를 열었나 싶었을 만큼 다루고 있는 이야기가 무겁고 충격적이었다. 책을 다 덮기도 전에 육식을 멀리하는 게 환경뿐 아니라 내 몸과 마음에도 도움이 될 것이라는 확신이 들었다. 그래서 아무도 강요하지 않았음에도 1년간 유제품을 멀리하며 육식의 빈도를 줄여 나갔다.

그러자 신기하게도 몸의 체취가 달라졌다. 예전보다 안 좋은 냄새들이 많이 옅어졌으며, 내 냄새가 옅어진 만큼 주변 냄새에 민감해져 급기야는 평상시 달고 살았던 인공적인 향기에 대해 거부감이 들기까지 했다. 결국 우리의 이해와 배려 사이에서 논쟁거리였던 섬유 탈취제를 더 이상 쓰지 않게 됐고, 지금은 쳐다보지도 않는다.

그렇게 변해 버린 나지만, 아직까지 지니는 향수가 하나 있다. 누군가를 만난 뒤 사용하는 섬유 탈취제와 다르게, 누군가를 만나기 전 좋은 인상을 주기 위해 남겨둔 향수가 말이다. 향수를 옷에 톡톡 뿌리는 것은 하루를 잘 보내겠다는 나만의 의식이기도 하다. 그래서 아내와 데이트할 때나 중요한 행사가 있을 때 주로 사용한다.

아, 그것 말고도 쓰는 향수가 하나 더 있다. 내 것 인듯 내 것 아닌, 우리의 것이 된 또 다른 향수. 그 향수는 화장실에서 서로의 생리적인 활동을 지우기 위한 것으로 그 역할을 성실히 수행하고 있다. 그전에는 제로 웨이스트의 실천 방법 중 하나라며 한동안 안 쓰는 린스에 물을 섞어 뿌리곤 했는데, 확실히 성능은 향수가 더 뛰어나더라.

요즘은 이 향수를 다 쓰면 또 다른 향수를 들일지, 혹은 화장실에서의 흔적을 지우기 위한 전용 탈취제를 들일 것인지, 아니면 서로를 냄새마저도 자연의 것이다 생각하며 받아들일 것인지를 논의 중이다. 우리의 라이프 스타일에 맞추려면 마지막 방법을 선택해야겠지만, 아직 아내는 마음의 준비가 더 필요한 것 같으니 현명한 선택을 위해 더 고민해 보려 한다.

매일 조금씩 비거니즘

아내 '슬'의 이야기

제로 웨이스트를 꾸준히 실천하다가 문득 생필품, 식자재를 살 때 포장재만 버려지지 않는다면 지향점에 도달하는 걸까 궁금해졌다. 그래서 물건 이외의 소비 방식 전반을 점검해 보고 싶어졌다. '친환경', '지속 가능한 삶' 등의 키워드로 유튜브나 제로 웨이스트를 더 먼저 시작한 사람들의 SNS 계정을 살펴보았고, 그 덕분에 육식이 환경에 미치는 영향에 대해 다룬 자료를 직간접적으로 많이 접하게 됐다. 그중 필수 교양서처럼 다수의 사람이 꼭 읽어야 한다고 꼽는 책 리스트를 발견했고, 『아무튼, 비건』을 알게 됐다.

비건은 이전까지 나의 관심 밖 영역에 있는 식습관이었다. 그래서 라이프 스타일을 보강하겠다며 찾은 이 도서도 내 손에 쥐기까지 꽤 오랜 시간이 걸렸다. 왜인지는 잘 기억이 나지 않는데, 애써 외면하던 그 책을 어느 날 갑자기 읽어야겠다는 생각이 들어 도서관에서 대여하게 됐다.

집으로 돌아와 한 문장씩 읽어 내려가면서, 나는 이 책을 왜 이제서야 읽게 된 걸까 후회했다. 『아무튼, 비건』에는 내 행동이나 신념의 모순을 꼬집는 이야기들이 많았기 때문이다. 책을 읽어 내려갈수록 채식을 해야 하는 이유가 명확해졌다.

채식주의자가 된 계기와 이유를 물어보면 대다수가 '동물 복지'라고 답한단다. 그러나 이 책을 읽다 보면 환경이나 신체의 건강을 위해서도 비건이 좋은 선택임을 알 수 있다. 환경을 위하는 삶을 산다면서 육류를 소비하는 건 위선적이라는 강한 비판 역시 탄탄한 근거와 함께 확인 가능하다.

『아무튼, 비건』이 채식의 필요성을 깨닫게 해 주었다면 이와 결이 같은 다양한 자료들, 다큐멘터리 <카우스피라시: Cowspiracy>나 <몸을 죽이는 자본의 밥상>, 비건을 권장하는 것은 아니나 축산업의 실태를 고발한 르포르타주 『고기로 태어나서』 등도 내가 실천하는 일상의 것들이 표면적인 행동에 불과하다는 것에 확신을 주었고, 식습관이 변하게끔 자극했다. 비윤리적이고 비위생적인 사육 방식과 도축 작업이 환경뿐 아니라 인간에게도 얼마나 해로운지를 적나라하게 보여 줬기 때문이다.

알게 된 사실을 모르는 척, 제로 웨이스트 관련 글을 블로그에 작성하면서 '나 이렇게 남다르게 살아요.' 하는 위선자가 되고 싶지 않았다. 쓰레기는 줄여 가고 있지만 기력 보충을 위해 삼겹살을 굽고, 출근하는 날에는 하루 한 잔씩, 우유가 들어간 라떼를 꼭 챙겨 마시는 스스로의 모순을 용납하고 싶지 않았다. 한참을 고민하다가 결국 남편에게 비건이 되어 보려고, 하고 말을 꺼냈다. 내가 가장 먼저 끊은 것은 우유와 유제품이었다. 우유를 마시면 속이 불편한 사람들이 많기 때문에 우유를 마시지 않는 모습이 타인에게 특별하게 느껴지지 않을 것 같았고, 그전에도 라떼를 마실 때나 우유를 섭취했지 단품으로는 즐기지 않았기 때문이다.

우유는 송아지를 키우기 위한 영양분으로 인간이 마실 이유가 없다는 전문가들의 이야기도 큰 자극이 됐다. 그 과정에서 평생 우유가 나오는 '젖소' 품종이 별도로 있다고 생각했던 스스로를 돌아보기도 했다. 젖은 임신과 출산을 거친 생명에게서 나온다는 당연한 사실을 왜 소의 젖인 우유를 마실 땐 미처 생각하지 못했을까. 이 때문에 우유를 생산하지 못하는 수소는 애초부터 폐기 대상이 되고 암소는 우유 생산을 위해 임신과 출산을 반복하다가 도축된다고 한다. 나는 인간의 이기심을 위해 멀쩡한 수소를 죽이고 암소를 출산의 굴레에 몰아넣고 싶지 않았다.

우유 다음으로는 고기를 끊었다. 채식에는 소, 돼지 같은 적색육과 닭, 생선 같은 백색육을 구분해서 섭취하는 단계가 별도로 있지만, 그냥 복잡해서 구분 않고 모조리 끊었다. 다만 가벼운 외식거리하면 늘 갖가지 양념이 묻은 치킨이 생각날 만큼 좋아하는 음식 중 하나가 닭이었기 때문에 우유를 끊을 때만큼 쉬운 일은 아니었다.

스포츠 경기나 흥미진진한 영화를 보게 되면 치킨을 주문해야 할 것 같았고, 눈 딱 감고 한 번은 먹어 볼까 싶어 배달 버튼을 보며 고민하기도 했다. 욕망을 꾹꾹 잠재우며 자제하다가도 간혹 내가 비건이라는 것을 모르는 사람들과 만난 곳에서는 햄버거나 돈까스 등을 모른 척 먹어 보기도 했다. 그만큼 익숙해서 상상할 수 있는 맛을 잊는다는 건 생각보다 어려운 일이었다.

그러나 기대하며 오랜만에 먹어 본 닭이나 돼지, 소에서는 익숙한 맛이 나지 않았다. 자장면에 섞인 작은 고기도 먹기 힘들 만큼 비리고 역겨운 향이 느껴졌다. 더 이상 고기를 먹을 수 없다는 걸, 먹고 싶지 않다는 걸 몸이 말하고 있었다.

이제는 TV에서 고기 먹방을 하는 장면을 봐도 냄새가 나는 것 같아 채널을 돌리게 된다. 탕수육을 주문하는 사람들 사이에서도 식욕이 돋지 않는다. 다만, 고기를 끊으니 선택할 수 있는 메뉴가 급격히 줄어든 점은 아쉽다. 그래서 아직까지 고기보다 죄책감이 덜한 해산물은 간혹 먹는다. 이는 식당에서 파는 된장국의 베이스가 채수인지 멸치 육수인지 매번 확인하는 게 번거롭기 때문이기도 하다. 명확히 식자재가 드러나는 단품은 피할 수 있더라도 여러 가지 재료가 섞인 메뉴들은 세세하게 체크하기 힘들어서 식탁에서의 비건은 최종 지향점으로 남겨 두고 매일 조금씩 나아지려 노력하고 있다.

더불어 비건이라는 게 음식에서만 적용되는 것은 아니라서 들여야 하는 생필품도 적극적으로 바꿔 보았다. 동물의 털로 만든 브러쉬가 아니라 식물에서 추출한 섬유의 것을 찾는 식으로 말이다. 바르는 로션이나 립밤 등이 동물 실험을 하지 않고 만드는지도 살폈다. 토양의 회복력을 해치지 않는 방식으로 식물을 재배하고 수확한 뒤 만드는 양말과 마스크를 찾았고, 원래도 동물의 털로 만든 의류나 잡화는 구입하지 않았지만 더 적극적으로 소재를 들여다봤다. 필요로 하는 모든 제품을 비건으로 바꿀 수는 없었지만 꼼꼼해지려 노력했다.

———

미니멀과 제로 웨이스트 사이에서
이 부부가 사는 법

『나의 비거니즘 만화』의 저자 보선은 책에서 비거니즘이란 삶의 방향이므로 완벽해야 한다는 전제가 없다고 한다. 완벽한 한 명의 비건보다 불완전한 비건이 많아져서 서로 지지하고 연대하는 것이 의미 있을 것이라고. 덧붙여 점이 모이면 선이 되고, 면이 되듯이 우리의 작은 점 같은 노력이 촘촘히 엮이면 융단이 될 것이라고도 말한다. 완벽한 채식을 실천하고 있지는 않지만, 그런 점에서 우리의 비건은 매일 더 나은 방향으로 확장되고 있다고 확신한다. 우리의 선택이 매일 조금 더 지구와 생명체에 무해해지길 희망한다.

남편 '기'의 이야기

독서가 취미인 아내와 함께 시간을 보내면서 좋았던 것 중 하나는 그동안 잊고 있었던, 책 읽기의 즐거움을 다시 알게 됐다는 것이다. 나는 아내가 도서관에서 책을 빌려 오면, 반납일이 넉넉할 경우에는 뒤늦게라도 꼭 책을 읽어 보곤 했다. 같은 책을 읽고 서로 느낀 바를 이야기 나누는 시간 또한 즐거움이었기 때문이다. 이런 우리만의 토론 시간은 미니멀과 제로 웨이스트를 본격적으로 시작하던 시기에 폭발적으로 늘었다.

그러던 어느 날인가 아내가 『아무튼, 비건』 이란 도서를 대여해 왔다. 며칠 간 집중해 읽는 것 같더니 꽤나 충격을 받은 듯한 얼굴로 퇴근 후 돌아온 내게 내용에 대한 언급 없이 책을 한번 읽어 보라고 했다. 그러다가 나머지 부분을 다시 더 읽고는 내키지 않으면 읽지 않아도 된다며 추천을 번복했다. 잠깐의 시간차를 두고 내뱉은 알쏭달쏭한 말에 나는 오히려 책 내용이 더 궁금해져서 꼭 읽어 봐야겠다고 다짐했다.

당시의 나는 '비건이 뭔데?' 하고 말할 정도로 그 세계에 대해서는 문외한이었다. 그래서 사실 『아무튼, 비건』은 호기심 자극하는 아내의 추천이 없었다면 대여일이 넉넉했더라도 읽어 보지 않았을 장르의 책이었다. 관심은 없으나 제법 작은 사이즈의 책이라 심리적인 부담도 없어 출퇴근길에 가볍게 읽을 요량으로 가방 안에 넣고 여느 때와 같은 하루를 시작했다.

뜬구름 잡는 듯한 서문들을 지나 본론으로 접어든 순간, 그리고 책을 덮을 때

쯤 몰려오던 불편함이 아직도 생생하다. 이 책을 집어 들지 않았다면 모르고 살아갔을 여러 가지 사실들을 알게 되어 다행이라는 생각이 들었다. 하지만 앞으로는 어떻게 생활 습관을 유지해야 하는 건지 감이 잡히지 않아 막막하기도 했다. 필요성은 알겠는데 과연 내가 사회생활을 하면서 마주하는 다양한 순간들마다 지금의 생각이나 신념을 지키면서도 간섭 없이 자유로울 수 있을까 싶었다.

당장 모든 것을 바꾸고 새롭게 시작할 수 없다는 건 둘 다 인정했기 때문에 우리는 우유와 유제품을 먼저 끊었고, 육식을 가능한 멀리하며 콩을 넣은 밥을 지어 먹기 시작했다. 처가댁에 가면 늘 한 상 가득 맛있는 음식을 주시는 장모님께도 고기반찬은 줄이고 있어 굳이 준비하지 않으셔도 된다고 말씀드렸고, 회사 식당에서 식사를 할 때도 고기반찬을 안 받아오거나 조금씩 섞인 것들은 빼내면서 섭취를 최대한 지양했다. 잔반으로 버려지는 고깃덩어리를 보며 음식물 쓰레기를 만들지 않기 위해서는 일단 먹는 게 맞을지도 모르겠다는 생각은 했지만, 육식을 끊고는 비린 냄새에 예민해져서 고기를 먹는 것 자체가 고역이 되었기 때문에 다른 선택지가 없었다.

성급한 일반화일까 우려되긴 하지만 입맛이 변하고 나서 건강 상태가 좋아졌다. 예전에 내 배는 늘 차가웠는데 그 때문인지 수시로 배앓이를 했다. 하지만 고기를 줄이고 한 달 정도 지나면서는 거짓말처럼 배탈 나는 횟수가 줄기 시작했다. 그리고 1년이 지난 지금은 배탈이 거의 나지 않는다. 심지어는 올해 봄에 받았던 종합 건강 검진에서 단골 증상이었던 대장 내시경의 용종 숫자는 제로가 되었고, 검진 항목의 다른 검사 수치도 모두 정상으로 돌아왔다.

비건을 향해 가는 길에서 긍정적인 신체의 변화뿐만 아니라 나와 관계없다고 생각했던 사람, 동물과의 관계에서도 변화가 생겼다. 한번은 회사에서 친환경을 콘셉트로 나온 새 제품을 소개하는 영상 촬영이 있었는데, 그때 안현모 씨를 만날 기회가 있었다. 방송인과의 첫 만남이라 잔뜩 긴장했는데, 촬영 중에는 물론 촬영 휴식 시간에도 모두가 대본만 쳐다보고 있어서 계속 정적이 흘렀다.

나는 어색함을 견디다 못해 다음 촬영에 집중하고 있는 그분에게 촬영 중인 제품에 사용된 친환경 소재에 대한 첫인상, 지속 가능한 환경에 대한 관심 등에 대해 물었다. 다행스럽게도 그분은 친환경에 대한 관심이 많고, 특히 최근 들어서는 비건을 지향하는 삶을 지향하면서 개인이 할 수 있는 노력을 하고 있다는 대답을 해 주었다. 비건이라니! 공통의 관심사를 찾게 된 우리는 자연스럽게 비건에 관련된 책과 각자의 생활에 대해 짧지만 의미 있는 대화를 나누었다. (그래서일까, 이어진 촬영은 전보다 자연스러운 분위기에서 순조롭게 진행이 되었다.)

비건에 대한 관심은 동물의 대한 존중을 담은 동물권에도 이르렀다. 우리만(인간만) 잘 먹고 잘 살자는 생각에서 벗어나 보는 건 어떨까 싶어진 것이다. 우리는 시기를 명확히 정하지 않았지만 단독주택으로 이사 가게 되거나 둘 중 누구든 집에서 상주하게 되거든 반려견을 맞이해 보자는 계획이 있었는데, 덕분에 이 바람이 더 커졌다. 하지만 아직은 한 생명을 처음부터 끝까지 돌보는 것에 설렘보다 두려움이 컸기에, 대신 우리가 할수 있는 다른 실천 방법은 없을까 찾아보았고, 그러던 중 아내의 권유로 주인에게 버려진 아픔을 얼굴 가득 머금고 있던 마른 체구의 강아지 '호두'를 후원하게 됐다.

코로나로 인해 한 번도 실제로 만남을 가진 적은 없지만, 이따금 SNS에 올라오는 소식을 접하며 '좋아요'로 반가움을 표현하고 있다. 직접 키울 자신이 없어 후원만 하는, 조금은 소극적인 우리지만 동물 생존권에 대해 다시 한번 생각하고 공존을 위한 고민을 이어가면서 우리의 세계가 확장된 것 같아 그저 기쁘다.

아버지의 짐을 정리합니다

아내 '슬'의 이야기

결혼하고 나서 남편은 가끔 내게 말했다. 아버지가 돌아가시면 생각보다 많이 울 거라고, 그러니 잘 위로해 달라고. 그리고 예고한 대로 남편은 많은 눈물을 흘렸다. 때때로 공허해 보였으며 마음을 다잡은 척했지만 본인이 의식하지 못하는 사이 무너져 있기도 했다.

하지만 얄궂게도 이런 감정을 다 추스르기도 전에 정리할 것들이 참 많았다. 상을 치르고 나서 맞이한 십수 개의 주말을 마음의 정리보다 행정 업무들을 처리하는 데 할애했다. 서두르지 않고 슬픔을 온전히 느끼며 상실감을 털어내길 바랐지만, 그러기에는 현실에 남아 다시 각자의 자리로 돌아가야 하는 가족들을 위해 고인의 짐을 빨리 정리할 필요가 있었다.

행정 처리가 끝난 후에도 남편은 주말마다 본가를 찾아가서 시아버지의 물건들을 살펴보고, 남길 것과 비울 것을 구분하는 데 많은 시간을 보냈다. 짐을 정리하는 과정이 고됐던 날은 돌아온 남편의 얼굴에 슬픔이 많이 묻어났고, 그럴 땐 무엇을 정리했는지 쉽게 말하지 못했다.

40여 년의 추억을 함께한 사람과의 이별 앞에서 내가 무엇을 해 줄 수 있을까, 나의 어떤 행동이나 말이 정말 위로가 되긴 할까, 곰곰이 생각하고 고민해 봤으나 나는 남편이 느낄 슬픔의 깊이조차 가늠할 수 없었다. 남편이 마음을 잘 정리할 수 있도록 그가 흔들릴 때 안아 주거나 조용히 곁을 지켜 주는

미니멀과 제로 웨이스트 사이에서
이 부부가 사는 법

것이 내가 할 수 있는 전부였다.

그렇게 시아버지의 짐을 한창 정리해 가던 어느 날, 남편을 TV 앞에 앉혀 놓고 <부모의 집을 정리하다>라는 다큐멘터리를 보여 주었다. 내가 해 줄 수 없는 부분의 위로를 대신해 주길 바라는 마음을 담아 찾은 영상이었다. 다큐에는 다양한 가족들이 떠난, 혹은 떠날 사람의 물건을 정리하며 추억을 공유하는 장면들이 나왔다. 심도 깊게 다루었다면 좋았을, 약간은 겉핥기에 불과했던 내용이라 아쉽긴 했지만, 그래도 살아계실 때 부모의 짐을 미리 살펴보고 정리하는 시간은 꼭 가져야겠구나 하는, 제목에 충실한 깨달음을 얻을 수 있었다.

살아 있는 사람과 본인의 죽음에 대해 이야기를 나누는 것도 어려운 일인데, 거기에 물건을 어떻게 정리하고 싶은지까지 물어본다는 게 조금 불경하게 느껴질 수도 있다. 하지만 나는 그 다큐멘터리를 보고 떠난 자의 짐을 정리하는 게 너무 슬프만 하지 않아도 될 당연한 수순이라는 걸 남편이 마음 편히 받아들이길 바랐다. 죽음이 있기에 유한한 삶이 더 소중한 것처럼, 물건들도 쓰임을 다하기 위해서는 값지게 써 줄 사람이 필요하므로. 더불어 시어머니와는 충분히 그럴 시간을 갖길 바랐고, 나 또한 내 부모의 짐 앞에서 그럴 수 있기를 희망했다.

물건 정리는 시아버지의 1주기가 다가올 즈음까지도 계속됐다. 시간에 쫓겨 행정 처리를 하던 의무적인 절차와 다른 점이 있다면 그때는 나도 함께 있었다는 것이다. 덕분에 시아버지의 군 복무 시절과 신혼여행 사진도 보았고, 우리는 모를 그 시절의 이야기를 시어머니와 함께 도란도란 나눴다.

꽁꽁 싸매져 집안 어딘가에 놓여 있던 짐들이, 밖으로 꺼내져서 이야기와 기억으로 바뀌고 있다. 남편의 마음도 그와 같았으면 좋겠다. 비록 남편 가슴에 난 빈자리를 완벽히 채울 수는 없겠지만, 건강하고 밝은 기억으로 덧대어지길 소망한다.

남편 '기'의 이야기

장례 후 한동안 집 안에 아버지 물건들을 그대로 두었다. 어떻게 정리를 해야 할지 모르겠고 막막했기 때문이다. 하지만 같은 공간에서 여전히 살고 있는 어머니를 생각해서라도 어떤 물건들은 꼭 정리해야 했다.

하나씩 꺼내지는 물건들을 바라보면서 아버지는 물건을 쉽게 집 밖으로 내보내지 못하는 사람이었다는 것을 알게 됐다. 자잘한 물건 하나도 나중에 쓰겠다며 기어이 보관하시던 아버지. 짐을 정리하면서 나는 여러 개의 라이터를 비롯해서 산에서 채집했을 도토리나 나뭇잎, 거리에서 받은 수많은 메모지들을 발견했다.

아버지가 4년 전 혈액 투석을 시작하면서, 나는 당신에게 물건 비우기를 부탁했었다. 쓸데없이 자리만 차지하는 불필요한 물건을 비워서 아버지의 공간을 늘려 주고 싶었기 때문이다. 그리고 그 늘어난 공간에서 아버지가 편안함과 삶의 여유를 느끼기를 희망했다. 하지만 나의 거듭된 제안에도 아버지는 꽤나 오랫동안 생각을 굽히지 않았다. 그래서 가끔씩 나는 어머니와 합심해 비밀리에 살림을 비워 냈다. 그럴 때마다 아버지는 어떻게 아셨는지 분리 수거장에 가서 버려진 물건을 되찾아 와 당신만 아는 곳에 다시 숨겼다. 집이 크지 않아 숨긴 물건은 매번 금방 다시 발견되어 우리는 그것들을 두고 오랜 시간 숨바꼭질했다.

그렇게 비워지지 않던 물건들이 아버지의 죽음으로 가족들에게 온전히 남겨졌다. 물건을 비워 내는 과정에서 나는 다양한 모습의 아버지를 만났다. 숨기고 싶어 했으리라 추정되는 무엇인가를 발견하기도 했고, 가족들과 공유하지 못했던 삶의 기억들도 많았다. 아버지를 너무 모르고 산 것 아닌가, 설명할 수 없는 낯설고 죄송한 마음이 밀려들었다.

아버지는 다양한 물건을 가지고 있지만 활용은 잘 못하던 분이었다. 40년 전부터 지니고 있던 옷도 드라이 클리닝만 여러 번 했을 뿐 입지 않고 보관만 했다. 등산 용품은 더 심했다. 아버지는 등산을 좋아해서 여러 개의 가방, 등산복, 장비들을 서랍 가득히 두었다. 하지만 새것은 입지도, 사용하지도 않았다. 자잘한 물건들을 통해 이루지 못한 경제적 자유에 대한 아쉬움을 달랬던 것 아니었을까 생각해 보았지만, 아직도 아버지의 마음을 모르겠다.

아버지의 물건을 정리하면서 물건을 소유한다는 것은 무슨 의미인지 오래, 그리고 많이 생각했다. 그러다 보니 물건을 정리하는 태도가 변했다. 비움의 고려 대상이 소유자인 '나'에서 '가족'까지 확장되기 시작한 것이다. 그 변화는 나뿐만이 아니라 아버지와 가장 오래 계셨던 어머니에게도 자연스럽게 찾아왔다.

내가 아는 어머니는 누구보다 물욕이 강한 분이었다. 하지만 아버지를 떠나보내고 '물건을 지닌다는 것'의 의미를 되짚어 보셨다고 했다. 남은 가족을 위해서라도 살아 있을 때 불필요한 것들을 되도록 비워 내고, 요긴하게 쓰다 갈 수 있는 최소한의 것들만 남기는 게 맞다는 생각이 들었다고도 말씀했다. 가장 가까운 사람의 물건을 정리하며 죽음을 잘 준비하는 것도 삶을 존중하는 방법 중 하나라는 생각을 갖게 되신 것 같았다.

우리 부부 역시 많은 생각을 했고, 신중하게 선택한 최소한의 물건과 함께하자는 신념이 아버지의 죽음을 경험하며 더 확고해졌다. 실체가 있는 물건보다 내면을 풍요롭게 할 경험에 더 의미를 두겠다던 우리의 다짐을 더욱 견고히 하기도 했다.

하지만 아직 아버지의 물건을 모두 비우지는 못했다. 물건을 하나씩 꺼낼 때마다 그것에 스민 아버지와의 추억을 마주하게 되어 비우는 작업이 쉽지 않았기 때문이다. 결국 가족 공통의 추억이 담긴 물건, 그러니까 함께 찍은 사진이나 즐겨 듣던 음악, 자주 지니던 안경과 오래된 손목시계 등은 맨 마지막에 정리하기로 했다. 다른 물건들과 달리 그것들은 떠나보내기까지 오랜 시간이 걸리지 않을까 생각한다.

아버지의 짐을 정리하는 시간은 아직 이어지고 있고, 나는 계속해서 내가 잘 몰랐던 아버지를 만나고 있다.

PART 2

슬기로운 집을 소개합니다 : 부부만의 제로 웨이스트 생활 백서

어쩔 수 없이 구매해서 쓰는 제로 웨이스트 아이템이 많지만, 사실 우리는 그보다 이미 가지고 있는 물건의 새 가치를 발견하는 걸 더 좋아한다. 집안 곳곳과 생활 여기저기에는 그런 우리의 취향이 고스란히 녹아 있다.

KITCHEN

주방의 제로 웨이스트 아이템

집에서 제로 웨이스트 아이템이 가장 많이 있는 공간이 어디인지를 묻는다면 자신 있게 주방이라고 대답하겠다. 주방에 있는 아이템은 주로 설거지 용품들인데, 사용하는 식자재의 양이나 냉장고 크기와는 무관하게 무언가를 먹으면 반드시 설거지를 해야 하다 보니, 설거지 편의를 위해 하나둘 추가됐기 때문이다.

1. 설거지 비누와 비누 받침대

제로 웨이스트를 시작하고 설거지를 위해 액상 세정제 대신 고체 비누를 사용하고 있다. 욕실에서 다양한 비누를 사용하며 고체 질감에 익숙해졌기 때문인지 설거지를 하는 데도 비누가 낯설지 않다.

받침대로는 물빠짐이 용이하고 통기성이 좋은 천연 수세미를 사용한다. 천연 수세미는 삶아서 소독할 수도 있으므로 위생적이기도 하다.

2. 천연 라텍스 고무장갑

100% 천연고무를 사용해 만든 국내산 고무장갑을 사용하고 있다. 마트에서 물건을 구입하다 보면 작은 물건 하나도 모두 포장된 채로 판매되기 때문에 원하지 않는 쓰레기까지 돈을 주고 사 와야 하는데, 이 제품은 대부분의 제로 웨이스트 숍 구비품이기에 그곳에서 포장 없이 구입할 수 있다는 장점이 있다.

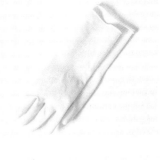

3. 스테인리스 집게

사용한 수세미나 고무장갑을 건조할 용도로 구입했다. 소재가 스테인리스라서 부식될 염려가 없고 반영구적으로 사용이 가능하다는 것이 장점이다. 고리가 있어 선반이 있는 곳이라면 어디에나 툭툭 걸어놓을 수 있어 활용도도 높고, 저렴하기까지 해 추천하는 아이템이다.

1
2
3

슬기로운 집을 소개합니다 :
부부만의 제로 웨이스트 생활 백서

5. 다용도 브러시

우리는 당근과 감자 같은 뿌리채소를 껍질째 먹으려 노력한다. 세척 시 천연 수세미는 외관이 비슷해 설거지용과 섞일 우려가 있고, 흙이 잘 닦이는지도 알 수 없어 우리는 이 설거지 브러시를 식자재 세척용으로 사용한다. 솔이 거칠다 보니 껍질이 긁혀 나갈 만큼 세척이 잘되어 만족스럽다.

다만, 해당 제품은 손잡이를 연결해야 하는 리필품이라 단독 사용 시 그립감이 좋지 않다. 만약 구매한다면 손잡이의 형태를 갖춘 브러쉬를 추천한다.

6. 브리타 정수기

페트병에 든 생수의 대안이 된 브리타 정수기는 휴대가 간편하고, 필터를 교체하는 주기만 잘 체크한다면 원할 때마다 물을 자유롭게, 양껏 마실 수 있어 장점이 많다.

소모품인 필터가 플라스틱이라는 점에서 쓰레기가 제로는 아니지만, 폐필터를 분해하고 재조립하여 재사용하는 방법을 인터넷에서 쉽게 찾을 수 있어 새 제품을 구입하지 않아도 필터를 재사용할 수 있다. 거기다 최근 시민들의 단합으로 브리타 코리아 측에서 필터 수거 프로그램을 시작하기도 했으므로 앞으로 처리 과정이 훨씬 더 환경친화적으로 변할 예정이다.

4. 천연 수세미

수세미는 비누 받침대용, 혹은 물방울 모양처럼 다양한 형태로 가공된 것들을 다양한 브랜드에서 구매해 사용해 봤다. 가공된 형태는 모양은 예쁘지만, 열매 그대로의 것보다 촘촘해서 손에 익을 때까지 오랜 시간이 걸리는 것이 단점이었다. 우리는 오랜 시행착오 끝에 취향껏 잘라 사용할 수 있는 통수세미가 우리와 제일 궁합이 잘 맞다는 결론을 내렸다.

4	5
6	

7. 스테인리스 설거지통

제로 웨이스트를 시작하면서 반영구적으로 사용가능한 스테인리스 소재를 선호하게 됐다. 소재의 특성상 사용 전에 연마제를 제거 해야 하므로 번거로울 수 있는데, 잠깐의 수고로움만 견디면 위생적으로 물건을 사용할 수 있다. 스테인리스 설거지통은 삶통이 없던 시기 그 대용으로도 잘 사용했다. 주 1회 베이킹 소다나 과탄산소다를 넣고 뜨거운 물을 부은 뒤 행주나 천연 수세미를 불려놓는데, 스테인리스는 열을 가해도 변형이 없으니 다루기 편하다.

8. 직접 만든 그릇과 잔

결혼 전과 후, 우리는 몇 차례 공방을 오가며 그릇과 술잔 등을 직접 만들었다. 내 손에 들어오기까지 절차와 시간이 기성품보다 많고 길다 보니 만들어 놓으면 더 소중히, 잘 쓰게 되는 장점이 있다. 만든 날짜도 새겨져 있어 함께 나이 들어간다는 느낌을 주기도 한다.

9. 음식물 퇴비함

우리는 집에서 나오는 음식물 쓰레기는 직접 만든 퇴비함에서 처리하고 있다. 퇴비함은 버려질 뻔한 스티로폼에 흙을 넣고, 헤진 스타킹을 잘라서 뚜껑에 붙여 공기가 통할 수 있는 숨구멍을 내 만들었다. 제작할 때 참고한 설명서에 적힌 것만큼 퇴비의 진행 속도가 빠르지는 않지만, 집에서 나오는 양 정도는 소화할 수 있다.

따뜻한 곳에 놔둔 퇴비함의 흙은 하루에 한 번씩 공기가 들어갈 수 있도록 위아래로 섞어 줘야 한다. 또한 음식물 쓰레기와 성질이 다른 휴지심(혹은 건조한 나뭇잎)을 넣어야 퇴비 처리에 도움이 되는데, 덕분에 화장실에서 다 쓴 휴지의 심 역시 버리지 않고 같이 활용할 수 있어 유용하다.

이야기가 담겨 있는 그릇

우리는 결혼할 때 그릇은 합리적인 가격의 브랜드 제품 중에서 골랐다. 그 후 필요에 따라 소스볼 등 몇 가지 그릇을 더 사기도 했지만, 신혼 초기부터 우리의 주 사용 그릇은 서로의 선호 색을 반영해 결정한 2인 그릇 세트였다.

한정적인 그릇 개수는 다양한 에피소드를 만들었다. 한 상 차리다 보면 집안에 있는 대부분의 그릇을 꺼내야 했고, 설거지를 바로 하지 않으면 다음 끼니 때 사용할 그릇이 없기도 했다. 그뿐인가, 3인 이상이 우리 집에 방문하면 밥을 밥그릇에 담아 줄 수도 없었다. 덕분에 결혼하고 얼마 동안은 신혼살림을 왜 이렇게 들였냐며 혀를 끌끌 차며 하는 엄마의 잔소리를 감당해야 했다.

요즘엔 간소한 식사를 하다 보니 2인 식기마저도 버겁게 느껴질 때가 많다. 사람이 많이 드나드는 집이었다면 느끼는 게 달라졌을까. 여전히 용도도, 숫자도 극히 제한적인 그릇 살림이지만 그릇이 부족하다고 느낀 적은 한 번도 없다.

언젠가 인터넷에서 재미있는 사진을 본 적이 있다. 사진 속 상황은 가족 단위로 다수의 사람들이 모인 파티로 보였다. 길게 놓인 식탁엔 둥글고 납작한 뻥튀기가 일회용 그릇의 대용으로 놓여 있었고, 사진 아래에는 음식을 다 먹은 뒤, 뻥튀기도 후식으로 먹었다는 글이 함께 쓰여 있었다. 친환경적이면서도 재미있어서인지 사진에 달린 댓글들은 호평 일색이었다.

집에 사람들을 초대하고 음식을 대접해야 하는 유사한 상황이 생긴다면 그릇이 적은 우리 집에서는 그런 방식으로 파티를 열어도 될 것 같다. 물론 우리 부부의 일상을 지지하는 사람들과의 모임에서만 가능할 테다. 조금 궁색해 보인다면 가까운 시댁에서 어머니께 그릇을 빌려도 될 테니 크게 염려되지 않는다. 각자 음식을 준비해 오는 포트럭 파티도 색다른 즐거움일 수 있겠다. '밥'은 만남을 위한 미끼 중 하나일 뿐이니 그

릇의 숫자에 연연하지 않아도 괜찮을 것 같다.

누군가에겐 단조로워 보일 우리의 식탁이지만 우리 집 밥상에서의 일상을 조금 더 들여다보면 꽤 귀여운 구석이 많다. 기성품이 아니라 직접 고르고 그림을 그린 도자기 그릇들이 있기 때문이다.

연애할 때 만든 파스타 그릇

둘만의 추억이 담긴 커플 머그컵을 만드는 게 남자 친구를 사귀게 되면 꼭 이루고 싶은 내 로망 중 하나였다. 이 마음을 2016년 초, 당시 남자 친구였던 남편에게 언젠가 내가 당신을 데리고 도자기 공방 체험을 하러 가겠노라고 선언하며 드러냈지만, 말이 무색하게 다짐은 자꾸 미뤄져 두 계절이 지나고도 지키지 못했다. 그렇게 속상한 시간만 흐르던 어느 날, 나는 다행히 내 말을 잘 기억해 주는 남자 친구 덕분에 서프라이즈 데이트로 해를 넘기기 전에 그 로망을 이룰 수 있었다.

손수 만든 커플 머그컵을 갖고 싶다고 여러 차례 말해 놓고, 막상 공방에 들어서니 그날따라 잘 해 먹지도 않는 파스타 그릇이 눈에 밟혔다. 계획을 바꿔도 되냐고 남자 친구에게 물

어봤다. 남자 친구는 그릇의 효용성을 고민하는 듯했지만, 내 로망을 이뤄주고 싶다는 바람으로 찾아온 공방이었으므로 흔쾌히 그러라고 답했다.

그렇게 파스타 그릇을 만들기로 했지만 부푼 설렘도 잠시, 우리가 그릇에 들어갈 그림을 그려야 한다는 예기치 못한 말에 당황해 버렸다. 나는 어쩔 줄 몰라 하다가 공방에서 제시한 그림들 중 한 개를 골라서 따라 그리기로 했고, 나와 달리 새로운 상황을 늘 즐기는 남자 친구는 금방 뚝딱 밑그림을 완성하고 칠을 시작했다. 우리는 그릇을 모두 칠한 뒤 공방 사장님이 서비스로 내준 수저 받침대까지 실속 있게 꾸몄는데, 그 찰나에 나는 헤어지지 않는다면 영원히 이 도자기들이 우리와 세트로 묶이겠구나 생각하며 아득한 미래를 그렸다. 무사히 결혼까지 한 덕분에 파스타 그릇은 의도하지 않았지만, 우리의 첫 살림 그릇이 되었고, 귀찮으면 대충 차려 먹을 법도 한데 파스타는 매번 파스타 접시에 잘 담아 먹게 됐다. 시간과 함께 쌓인 정 때문인지 직접 만들었기 때문인지 더 소중하게 다루게 되고, 잊지 않고 사용하게 된다. 그릇을 만들면서 적어 놓은 날짜 덕분에 우리가 얼마나 함께했는지 알

수 있다는 것도 애착 포인트 중 하나다. 연애할 때 도자기 만지는 것을 더 좋아했더라면 어땠을까. 결혼할 때 식기를 별도로 구입하지 않고 우리 손에서 탄생한 제품들을 하나둘씩 모아 가족이 탄생하듯 나이를 매길 수도 있었을 것 같다.

단조로움 탈피를 위한 타원형 접시

결혼 후에도 그릇을 만들어 왔다. 정확히는 그림을 그려왔다고 해야겠지만. 시작은 남편의 지인 P씨가 도자기 공방을 오픈하고 축하하는 모임에서였다.

공방에서 하는 공방 오픈 축하 모임이니 모두 하나씩 원하는 그릇이나 잔, 화병 등을 골라 작품을 만들어 보자고 누군가 제안을 했단다. 우리는 그때도 미니멀 라이프를 지속하고 있었고, 그래서 더 이상의 그릇은 불필요했지만, 그렇다고 "난 안 해." 하며 분위기를 깰 수는 없었기에, 남편은 집에 없는 모양의 그릇을 골라 작업한 뒤 집으로 가져왔다.

남편이 작업한 그릇 가운데에는 스투키 화분을 그려져 있었다. 스투키는 신혼집의 생기를 북돋고자 우리가 처음으로 들였던, '첫'이라는 의미가 더해져 성의껏 돌보던 반려 식물

이었다. 하지만 똥손도 잘 키운다는 스투키는 안타깝게도 금방 죽고 말았다. 그때부터 다른 식물을 볼 때마다 왠지 모를 미안함이 있었는데, 때마침 그릇을 만들다 그 생각이 든 남편은 애도하고 싶어서 그릇에 기록했다고 설명했다. 나는 그림과 그 설명이 무척이나 마음에 들었다.

그 이후에 우리는 피고 지는 게 고요한 프리지아를 그려 스투키 그릇과 세트가 되도록 하나 더 만들었다. 살림을 잘하기 위해서는 애착 살림을 늘리는 게 좋다는 얘기를 들었는데, 그 말이 맞는지 확실히 근사한 밥상을 차리고 싶을 때, 특히 덮밥을 준비할 때는 기성품보다 우리의 그림이 그려진 식물 식기를 사용하게 된다. 그래서 결혼을 앞두고 있는 친구나 지인을 만나면 항상 세트에 현혹되지 말라고 신신당부하면서 꼭 도자기 공방에 가서 둘만의 그릇 만들어 보라고 권하는 편이다.

바뀌는 화병이자 술병과 술잔도 추가됐다. 결혼하면 집에서 술을 많이 마신다고 들었고 실제로도 그러했는데, 소주를 제대로 마실 수 있는 잔이 없는 아쉬움을 풀기 위해서 한 선택이었다.

소주잔 바닥에는 이마 주름이 많은 남편과 동글동글한 얼굴을 가진 내가 연지곤지 찍은 그림이 그려져 있다. 소주잔이 세트로 놓인 식기가 있다고 사람들을 놀려 먹을 생각으로 갖고 있던 2인 세트를 들고 가서 색을 맞추는 치밀한 계산도 했다. 요즘에는 소주보다는 맥주를, 맥주보다는 막걸리를 선호하는 터라 이전에 비해 사용 빈도수는 조금 줄었지만, 복분자라도 한 잔씩 할 때 꺼내고 보면서 이게 당신이라고, 하며 괜히 웃기도 한다. 변하지 않을 그때의 얼굴이, 머리 모양이 소주잔에 기록되어 있다.

분위기 있는 술자리를 위한 잔

P씨의 공방은 그 외에도 경험을 중요하게 생각하는 우리 앞에 적기에 나타나서 소소한 즐거움을 몇 차례 더 주었다. 그 덕분에 우리 집에는 집에 놓인 꽃의 유무에 따라 역할이

슬기로운 집을 소개합니다 :
부부만의 제로 웨이스트 생활 백서

우리만의 제로 웨이스트 로드 :
두부를 찾아서

쓰레기 배출이 제로인 장보기를 꿈꾼다. 하지만 대형 마트를 애용하기 때문인지 쉽지는 않다. 대파 한 단, 애호박 한 개를 구입하려고 해도 포장지와 묶음 끈을 비롯한 여러 개의 쓰레기가 배출되는 게 현실이다. 2019년 4월부터 대형 마트에서 비닐 사용이 금지되었는데도 여전히 낱개의 과일이나 채소를 담아야 하는 곳엔 투명 비닐이 비치되어 있고, 소분한 채소나 과일들이 랩과 스티로폼에 꽁꽁 싸매져 있는 것을 쉽게 볼 수 있다.

내가 할 수 있는 환경친화적인 장보기는 추가적인 비닐 사용을 줄이기 위해서 집에서 사용하는 비닐이나 에코백, 가벼운 용기를 몇 개 더 챙기는 것이다. 하지만 이렇게 장을 본다고 해도 이미 포장되어 진열된 다양한 식품들은 쓰레기를 배출한다. 김밥이나 분식같이 직접 만들어 판매하는 소소한 단품들은 개인 용기를 가지고 가서 담아 오기 좋지만, 두부나 콩나물 등의 식자재는 시장이 아닌 다음에야 쓰레기 없는 장보기가 거의 불가능해 보이기도 한다.

그 때문에 비교적 포장이 과하지 않은 재래시장을 애용하고 싶었지만 집에서 거리가 있어 차로 이동해야만 하고, 남편 없이 장보기가 힘들기 때문에 오래 지속할 수 있을지 고민이 됐다. 그래서 한꺼번에 바꿀 수는 없더라도 자주 사 먹는 식품은 하나씩 마트를 대체할 곳을 찾아보기로 했다. 그리고 그중 채식을 하게 되면서 즐겨 먹게 된 두부의 무포장 판매처를 먼저 찾아보면 어떨까 싶었다. 두부는 보통 플라스틱 용기에 담겨있는 데다가 비닐로 덮여 포장되어 있기 때문에 이중으로 쓰레기를 배출한다. 과연 친환경과 유기농을 표어로 내세우는 상점들에서는 포장 없이 두부를 살 수 있을까 궁금해졌다.

친환경 유기농 마트 찾아가기

'H 매장'은 비영리 생활 협동조합으로 유기농 제품을 살 수 있는 곳이다. 친환경 생산 방법과 의지가 담긴 물품을 우선 공급하기 때문에 제로 웨이스트를 지향하는 우리의 뜻과 일부 결을 같이 하는 곳이다. 하지만 조합원으로 가입해야 조금 저렴하게 살 수 있는 데다가, 우리 집에서는 애매한 거리에 위치하고 있어서 평소 들르지 않는 곳이었다. 그러나 이번 기회에 이곳에서 포장 없는 두부를 발견한다면 기꺼이 이용할 생각으로 방문했다. 하지만 매장 안 곳곳을 열심히 둘러보아도 우리가 원하는 형태의 무포장 두부는 없었다. 일반 마트와 같이 플라스틱 용기에 두부가 완벽히 포장되어 있었다.

다음으로 한살림과 같은 협동조합인 'J 매장'을 방문했다. 동구밭 린스바나 대나무 휴지 등이 준비되어 있어서 제로 웨이스트를 실천하는 사람이라면 반가워할 만한 요소가 많은 매장이었다. 하지만 여기서도 역시 두부는 플라스틱에 포장된 것만 있었다.

마지막으로 우리 농축산물을 제공한다는 로컬 푸드 판매장 'N 매장'을 들러 보기로 했다. 앞선 곳에서의 아쉬움이 컸기 때문인지 이동하는 내내 별 생각이 들지 않았다. 그런데 웬걸, 용기를 가져가면 쓰레기 없이 장보기 좋은 곳이어서 놀랐다. 당근이나 감자 같은 뿌리채소부터 청경채, 고추, 상추 등과 같은 채소까지 모두 무포장이었다. 등잔 밑이 어두웠다는 생각이 들었다. 그리고 여기서 마침내 포장 없이 파는 두부도 발견했다. 하지만 두부가 너무 저렴해서 생산지를 봤더니 미국산인 데다가 제품 생산 날짜도 표기되어 있지 않아 결국 사지 않고 발걸음을 돌렸다.

고작 두부 한 모를 날 것으로 사겠다는데 왜 이렇게 많은 발품을 팔아야 하는 건지 피곤했다. 새삼 플라스틱 포장이 당연해진 생산 과정이 야속했다. 그 편리함을 마음껏 누릴 때는 언제고, 제로 웨이스트를 실천하는 입장이 되니 아쉬움이 가득했다.

두부 취급 일반 식당 찾아보기

일반 마트에서는 구입이 어려우니 조금 생각을 달리했다. 두부를 판매하는 식당이라면, 더불어 공산품이 아니라 직접 만들어 제공하는 곳이라면 두부를 별도로 판매하지 않을까 싶었다. 그래서 남편과 동네의 두부집을 검색하고 메뉴판을 확인했다.

대부분은 단품이 아닌 두부 두루치기 등의 음식 메뉴들이 적혀 있었다.

보통 두부는 메인 메뉴를 위한 곁다리 음식 정도로만 준비되어 있던 것이다. 두부만을 판매하지는 않는지 전화로 별도 문의를 해야 하나 고민이 됐다. 우선 유선 문의는 최후의 방법으로 남겨두고 집 근처의 식당들의 메뉴를 더 찾아보기로 했다. 그리고 마침내! 모두부를 별도 판매하는 곳을 발견했다.

매장에 가 보니 두부는 플라스틱 용기 안에 담겨서 쇼케이스에 들어가 있었다. 그러나 아직 비닐 덮개가 싸여 있지 않아서 개인적으로 가져간 통에 옮겨 담아도 플라스틱 통 역시 재사용 할 수 있을 것 같았다. 우리는 용기에 두부를 옮겨 담아갈 수 있을지 물어봤고, 다행히 가능하다는 대답이 돌아왔다.

지금까지 가져간 용기에 음식을 담아오는 제로 웨이스트 '용기내 캠페인'을 실천하면서 두부를 찾은 일이 가장 극적이고 기뻤다. 산책 삼아 자전거를 타고 갈 수 있는 곳에 식당이 위치하고 있어서 혼자서도 무포장으로 식자재를 쉽게 공수할 수 있을 것 같았다.

집에 도착하자마자 당일 국산콩으로 만들었다는 두부를 바로 꺼내 먹어봤다. 노력이 더해져서인지 시중의 두부와는 차원이 다른 맛이 느껴졌다. 생으로 집어먹어도 고소했고, 부쳐, 찌개에 넣어도 식감이 아주 훌륭하고 맛있었다. 일반 마트의 두부보다 2배는 두툼하고 크기도 더 커서 소분해 얼려 두고 필요할 때마다 해동해서 요리했다. 두부는 얼리면 단백질이 6배나 증가한다고 하니, 용기 낸 두부가 여러모로 이득이 많은 것 같았다.

마트가 아닌 곳에서 식자재를 공수하는 것은 시간을 들여야 하는 조금 번거로운 일이지만, 이렇게 동네 주민들과 안면을 트고, 단골집도 만들수 있다는 게 재밌기도 했다. 근처에 포장으로 꽁꽁 싸인 식자재만 파는 마트만 있다면, 이 같은 방법으로 본인만의 식자재 로드를 만들어보는 건 어떨까. 나만의 제로 웨이스트 두부 지도가 감자 지도나 토마토 지도가 될지도 모를 일이다.

슬기로운 냉장고 사용법

냉장고를 반찬 수납장으로

결혼 전 우리의 삶이 미니멀 라이프를 향하면 좋겠다고 합의하고 남편과 서로 기존의 생활 습관과 취향을 살펴보았다. 그리고 그 덕분에 우리에겐 바지런을 떠는 성격의 살림이 더 맞다는 걸 알게 됐다. 그래서 혼수를 들이면서 건조기는 제외했고, 세탁기는 드럼이 아닌 통돌이로, 에어컨도 세트가 아닌 스탠드형과 서큘레이터를 묶어 구입하면서 들이는 물건의 수를 줄였다.

당시엔 참 현명한 소비라고 생각했다. 하지만 그런 물건들과 달리, 우리의 식습관이나 장보기 패턴을 고려하지 않고 구입한 냉장고는 결혼 1년 차부터 신경 쓰이는 아이템이 되었다. 현재도 그러하지만 냉장고 내에 사용하는 칸보다 놀고 있는 칸이 더 많았기 때문이다.

우리는 맞벌이라서 함께하는 주말 식단은 근사하길 원했고, 집밥보다는 외식을 더 선호했기에 당연히 집에서는 요리를 자주 하지 않았다. 간혹 집에서 밥을 해 먹더라도 반찬이 평일에는 묵혀질 것을 알아 빨리 소비할 수 있는 간단한 것들만 만들어서 찬거리도 늘 고만고만했다.

음식을 할 때의 손이 작기도 했지만, 애초에 냉장고를 잘 활용할 수 있는 상황이 아니었던 것이다. 덕분에 냉장고나 냉동실은 텅 빈 공간이 많았고, 그 모습을 볼 때마다 혼수라는 명목으로 과소비를 한 것 같아 기분이 영 좋지 않았다.

엄마는 그런 내게 아직 신입 주부라서 그럴 뿐, 연차가 쌓일수록 더 큰 냉장고를 고르지 않은 게 아쉬워질 거라고 말씀하셨다. 하지만 결혼 5년차, 사용하지 않는 냉장고의 칸은 여전히 많고, 욕심이 넘쳤던 과거의 내 선택은 여전히 아쉽다.

냉장고 칸막이의 보호 스티커도 뜯지 않은 멀쩡한 냉장고를 처분하는 것은 제로 웨이스트의 취지와 맞지 않으니 활용 방법을 생각하기로 했다. 나는 평소 집안의 물건은 에너지를 효율적으로 쓸 수 있는 동선으로 배치하려 노력하는데, 냉장고도 그런 도구로 활용해 보면 어떨까 싶어졌다. 음식을 보관하고 수납하는 공간이니까 반찬통을 보관하는 수납함으로 생각해도 괜찮을 것 같았다. 냉장고가 꽉 차 있어도 효율이 낮아지지만 텅 비어 있어도 마찬가지라고 하니 뭐라도 더 들어가면 에너지 낭비도 줄 것 같았다. 반찬통이니까 반찬이 들어 있는 냉장고와 카테고리가 묶이는 게 맞는 것도 같았고 말이다.

설거지가 끝나고 반찬통이 모두 건조되면 우리는 주방의 상·하부장이 아니라 냉장고를 연다. 식자재를 소분 후 얼릴 때 사용하는 비닐이나 통도 모두 냉동실로 들어간다. 덕분에 반찬을 만들기 위해 냉장고 문을 열면 가지고 있는 식자재를 보고 남아 있는 유리 용기의 용량과 대조해서 필요한 양만큼만 조리할 수도 있다.

냉장고에서 식자재 꺼내기

냉장고를 반찬통을 넣는 수납함으로 쓸 만큼 먹는 일에 열정이 크지 않아서인지, 식자재를 냉장고 밖에서 보관할 방법을 자꾸 찾는다. 거기엔 도서 『미니멀 키친』과 『사람의 부엌』이 큰 역할을 했다. 『미니멀 키친』에서는 시간이 지날수록 크기가 커지는 가전은 TV와 냉장고라며 이야기를 시작한다. TV는 슬림해지고 있기 때문에 사실은 냉장고가 유일한 확장 가구일지도 모른다고도 덧붙여서. 또 산업화·대량 생산·대량 소비 시스템 안에서 냉장고가 가진 역할이 무엇인지도 이야기한다. 식자재를 오래 보관할 수 있다는 것이 과연 사람들에게 축복인지, 아니면 시스템과 경제 논리 위에 있는 업체들에게 이익인지 돌아보게끔 말이다.

보관해 두던 파스타용 토마토 소스를 해치우고 싶어 고민하다가 라따뚜이란 음식을 해 보자 마음먹었던 일이 생각난다. '라따뚜이'는 원래 내게 요리하는 능력이 특출난 생쥐가 등장하는 애니메이션으로 익숙한 이름이었는데, 어느 날 저녁 메뉴로 할 만한 요리를 찾다가 라따뚜이가 사실은 그럴듯한 비주얼을 자랑하며 냉장고 파먹기에 그만인 프랑스 가정식이란 것을 알게 되었다. 치즈를 넣지 않으면 그럭저럭 지향하는 비건식과도 어느 정도 결을 같이하고, 대량의 토마토 소스를 처분할 수도 있어서 잘됐다 싶었다.

'오늘은 메인 메뉴가 있는 저녁이군.' 하며 흐뭇하게 가지, 애호박, 버섯과 토마토를 볶다가 마지막으로 화룡점정이 될 파스타 소스 뚜껑을 열었다.

그런데 채 한 달이 지나지 않은 파스타 소스에 곰팡이가 피어 있는 게 아닌가. 밀폐했고, 냉장고에 보관했기 때문에 예상하지 못한 일이었다. 계획에 없던 일이 벌어져서 수제 소스를 만드느라 진땀 뺐던 기억이 난다.

그런 일은 그때를 제외하고도 종종 있었다. 그때마다 유독 식자재가 빨리 상하는 듯한 우리 집 냉장고가 그렇게 미울 수 없고, 냉장고에서 식자재가 무한으로 생존할 수 있다고 생각해 왔던 내 믿음을 자조하게 된다. 또 음식물을 쉽게 처분했고, 곧 다시 사들일 것이라는 점에서 양심의 가책도 생기고 말이다.

이렇게 소소한 일들로부터 냉장고가 부담이 되고 스트레스가 되어 블로그에 글을 썼더니 『사람의 부엌』이란 책을 추천받았다. 『미니멀 키친』이 비교적 객관적인 자료와 전문가의 인터뷰가 가득한 내용이라면, 『사람의 부엌』은 구전으로 흘러온 선조의 지혜를 기반으로 냉장고 없이 식자재를 어떻게 보관하는지 일반 가정의 부엌을 방문한 기록이었다.

도입부에서 저자는 어떻게, 왜 냉장고로부터 음식을 구해내려는 프로젝트를 시작하게 되었는지 이야기하고, 냉장고가 정말 부엌에 있어야만 하는 필수품인지도 되짚는다. 비록 저자가 이탈리아에 살다 보니, 직접 프롤로그에서 밝혔듯 부엌 탐사가 이탈리아에 치우쳐 있고 기대한 국내 사례는 적어 아쉬웠지만, 냉장고에 대한 맹목적 믿음을 한 번 더 깨트릴 수 있어 의미 있던 책이었다.

한국 환경 공단이 2018년 발표한 '한국 폐기물 통계 조사'[4]에 따르면 1인당 하루에 버리는 쓰레기양은 929.9g이고 그중 368.4g(40%)가 음식물류라고 한다. 『사람의 부엌』에서는 한국에 버려지는 쓰레기 중 28.7%가 음식물 쓰레기라고 했으니 그때보다 폐기 비율이 더 늘어난 것이다. 음식물 쓰레기를 버리기 위해 각 가정에서 종량제 봉투를 구매 후 사용하거나 관리비를 내고 있으니 우리가 식자재를 사는 데뿐 아니라 버리는 데 쓰는 돈도 늘어나고 있다는 뜻이기도 할 테다. 얼마나 비효율적인 일인지 모르겠다. 버려지는 음식물 쓰레기를 생각한다면, 1+1, 혹은 2+1 제품을 구입하며 저렴하고 알뜰한 소비를 하고 있다고 생각하는 것은 우리의 착각에 불과할 것이다.

이제 나는 책을 참고하며 식자재를 냉장고에서 꺼내기 위해 노력한다. 파를 심어 키워 먹고, 에틸렌 가스로 감자의 노화를 늦춰 준다는 사과는 사 오면 감자와 함께 상온에 놓는다. 유통 기한이 다한 소금은 함에 넣고 기름병을 꽂아 산패의 속도를 더디게 해 본다.

냉장고에서 구출하지 못하더라도 식자재의 수명을 늘릴 수 있는 방법을 참고해 적용하기도 한다. 자라나는 방향대로 놓아두는 게 식자재를 오래 보관하는 방법이라고 하여 알배추는 밑둥이 잠길 만큼 물을 부어 놓은 반찬통에 세워 보관한다. 남은 두부엔 물과 소금을 붓거나 영양분이 오히려 증가한다는 얘기에 냉동해 두기도 한다.

버리지 않으려고 애쓰다 보니 의도하지 않았지만 살림꾼처럼 보이게 된다. 별것 없지만 식자재 보관 방법만으로도 사실 그렇게 된 것 같기도 하다. 몰라서 그렇지 찾으면 누구나 식자재를 알차게 쓸 수 있다. 냉장고가 음식물의 유통기한을 며칠이고 늘릴 수 있다는 맹목적인 믿음에서만 벗어난다면 말이다.

---

4. 출처: 「제5차 전국폐기물 통계조사, 1인 하루 배출량 929.9g」, 『환경부 보도자료』, 2018년 3월 26일

배달 음식이 먹고 싶을 때도 있지

우리가 집에서 먹는 음식은 대개 간이 세지 않다. 두부와 몇 가지 나물, 김치와 된장국에서 대동소이하게 메뉴가 바뀐다. 메인 메뉴가 뭔지 어리둥절하는 사람들이 있을 만한 상차림으로 끼니를 챙기고 나면 밥을 다 먹었는데도 입이 궁금할 때가 있다. "야식엔 치킨이지!"를 외치는 주말은 더 이상 없지만, 그래도 좀 특별한 메뉴가 생각나는 밤도 있다.

일요일엔 누군가가 짜파게티 요리사가 되어 줘야 할 것만 같은데 우리는 냉장고 문을 여닫으며 당근을 다듬거나 시금치를 데친다. 보통은 그게 일상이라 아무렇지 않다. 하지만 가끔은 집에서 쉬는 주말에도 왜 매끼를 스스로 짓는 밥만으로 때워야 하는지 울분이 터진다. 나도 남의 손으로 차린 뭔가를 먹고 싶은 날도 있다. 그럴 날이면 우리가 자주 시키는 배달 음식 메뉴가 몇 가지 있다. 남편과 내가 스트레스를 많이 받은 날에는 누가 먼저랄 것도 없이 신전떡볶이를 외친다. 시간이 애매해 낮도 밤도 아닌 주말 저녁 시간에는 치즈 제외 옵션이 있는, 채식인들을 위한 유명 피자를 먹기도 한다. 아점으로는 버거킹의 비건 패티 햄버거(지금은 메뉴가 사라져서 아쉽다)가 배달 음식 후보에 오르기도 한다. 하지만 먼저 말했듯 보통은 울분이 터져 배달 음식을 찾게 되므로 주로 찾는 메뉴는 (비건식은 아니나) 떡볶이가 압도적이다.

하지만 '배달 음식'은 시켜도 '배달'은 받지 않는다. 핸드폰으로는 메뉴의 가격과 영업시간 정도를 체크할 뿐이다. 무슨 배달 음식을 먹을지 정하면, 우리는 누가 먼저랄 것도 없이 나갈 채비를 한다. 보통 나는 음식물을 담기에 적당한 크기의 용기가 있는지 냉장고를 열어 보고, 남편은 그 용기를 담아 올 가방을 꺼낸다. 이럴 땐 말하지 않아도 역할 분배가 착착 잘 된다.

열심히 매장까지 걸어간 뒤 주문을 할 땐 가져온 용기를 꺼내 보인다. '용기내'는 선주문이 불가능해 요리가 완성되기까지 매장에서 꽤 오랜 시간을 기다려야 한다. 그럼에도 뒤처리가 복잡한 배달보다 그릇을 설거지를 하는 게 마음 편해서 한가득 짐을 지고 기꺼이 길을 오간다.

덤덤히 얘기했지만, 늘 배달 음식 용기내를 성공하는 것은 아니다. 어느 날인가 인터넷에서 피자를 쟁반에 받아온 용기내 성공기를 읽게 되다. 민폐는 아닐지 걱정하고 갔는데 너무 흔쾌히 쟁반에 피자를 담아 주어 감동받기까지 했다는 글도 함께 쓰여 있었다. 피자 박스와 고정 핀을 분리해서 버리는 일을 하지 않아도 된다니, 내가 괜히 들떴다. 피자를 먹고 싶어지는 날이 생긴다면 꼭 시도해 보겠노라 다짐했다.

배달 음식이 먹고 싶었고, 마침 그 메뉴가 피자가 된 날이 찾아왔다. 피자를 담아올 만한 크기의 쟁반이 없어서 둥글넓적한 모양의 전골용 냄비를 가져가기로 했다. 깊이가 얕아서 피자를 넣어도 위화감이 없을 것 같았다. 뚜껑도 있으니 집까지 가져가도 갓 나온 피자의 따끈함을 잘 느낄 수 있을 것도 같았다.

매장에 도착해 피자를 주문하면서 전골냄비를 꺼냈다. 뚜껑을 열고 크기를 내보이며 여기에 피자를 담아가도 되는지 직원에게 물었다. 직원은 당황하지 않고 가능하다고 대답했다. '와 이게 되네?'생각하며 남편과 눈을 맞췄다. 하지만 그 기쁨은 찰나였다. 점장으로 보이는 분이 캐셔 직원을 제지하며 우리의 요청을 거절했기 때문이다. 여기는 피자를 퍼서 옮겨 줄 만한 도구가 없어 별도로 요청한 그릇에 담아줄 수 없다고, 정 거기에 가져가고 싶다면 박스에 담아 앞에 놔줄 테니 직접 손으로 떠서 옮겨 가라고 말이다.

얼굴이 화끈거렸다. 구워진 피자가 박스로는 옮겨지는데 비슷한 높이의 냄비에는 왜 안 된다는 것인지, 설명하는 내용이 잘 이해되지 않았다. 쓰레기를 발생시키지 않을 의도로 가져온 냄비인데 박스에 담아준 걸 옮기기만 하면 무슨 의미가 있나 싶기도 했다.

물론 바쁜 시간에 하는 귀찮은 요청이 얼마나 불편할지 직원들의 마음도 이해가 갔다. 용기내가 의무도, 필수 사항도 아니었기에 만약 거절하면 우리는 당연히 피자를 박스째 받아올 생각이었다. 하지만 원하면 손으로 떠가라는 안내 멘트나 응대 방법이 최선이었는지에 대해서는 아쉬움이 남는다. 매장 직원들끼리 사인이 맞지 않아 요청에 대해 승낙과 거절의 대답이 번복된 건지는 모르겠지만, 우리는 업체 관계자가 아니고 소비자이기에 불가능한 이유를 잘 설명해 줬다면 납득했을 것이고, 오히려 번거롭게 한 우리의 행동을 돌아봤을 것이다.

그 이후로 한동안 용기내를 위한 용기를 충전하기까지 시간이 조금 걸렸다. 나의 신념 때문에 타인을 불편하게 만들고 그 상황이 기분이 되어 다시 내게로 돌아오는 과정에 회의감이 들기도 했다. 응원이나 지지까지는 기대하지 않으니 저렇게 사는 사람도 있구나, 하고 상황에 대한 객관적인 인정만이라도 이어졌으면 얼마나 좋을까 싶었다.

나와 같은 일상을 추구하는 사람들의 이야기만 듣고 보다 보니, 가끔 길에서 마주치는 모든 사람들이 제로 웨이스트를 친숙하게 여기며 살고 있다고 착각하는 경우가 있다. 그래서 이런 생활을 낯설어 하거나 조금 적대감을 가지고 바라보는 사람들을 만나면 의연해지지 못한다.

개인의 자유를 침해하지 않고, 강요하지 않으며, 환경친화적인 생활을 어떻게 타인에게 전파할 수 있을지 여전히 방법을 찾아가는 중이다. 곰곰이 생각해 보니 재미있어 보였고 그래서 해 보니까 의미 있었다고, 계속하고 싶어진다고 생각할 수 있도록

노력하고 싶다. 그러다 보면 용기내
를 할 수 있는 배달 음식 메뉴가 아직
은 고작 떡볶이 정도지만, 비건 감자
탕이나 브리또가 될 만큼 폭도 더 넓
어지는 날이 오지 않을까.

슬기로운 집을 소개합니다 :
부부만의 제로 웨이스트 생활 백서

BATHROOM

욕실의 제로 웨이스트 아이템

욕실은 주방 다음으로 제로 웨이스트 물건이 많은 공간이다. 거기
엔 다양한 역할의 비누가 한몫했다. 욕실은 사람이라면 누구나 위
생을 위해 사용하는 필수품이 놓이는 공간이므로, 제로 웨이스트의
시작이 막막하다면 욕실부터 둘러보는 걸 추천한다.

2. 대나무 칫솔

제로 웨이스트를 실천하기로 다짐하고 가장 먼저 바꾼 아이템으로, 진입 장벽이 낮아 제로 웨이스트를 처음 시작하는 분에게 권하기 좋다. 전세계적으로 가장 많이 사용된 H사의 것을 비롯해 다양한 브랜드의 칫솔을 사용해 봤는데, 국내 치과 의사가 디자인하고 개발한 D사의 것이 나의 작은 입 크기와 구강 구조에 가장 적합해서 꾸준히 이용하고 있다. 교체 주기는 약 2개월인데 시기를 헷갈리지 않기 위해 손잡이 하단 부분에 사용 시작 날짜를 기재한다.

1. 비누와 수세미 비누 받침대

비누는 머리 감기 위한 것, 몸을 닦기 위한 것, 손과 발을 닦기 위한 것. 이렇게 세 가지 용도의 비누를 놓고 사용하는데, 아직 정착하지는 못했고 브랜드를 주기적으로 바꾸기 때문에 늘 같은 형태나 같은 향의 것이 놓여 있지는 않다.

받침대는 주방과 마찬가지로 천연 수세미를 사용하고 있다. 욕실은 습기가 많은 공간이고, 비누는 쉽게 무를 수 있다 보니 통기성 좋은 수세미가 최적의 받침대라고 생각한다. (수세미 외 피자 삼발이나 음료수 병뚜껑 등을 비누에 꽂아 사용하는 사람도 있다.)

3. 치실

치실은 천연 실크가 유리 케이스에 든 것을 구입해 써 왔다. 본품을 다 사용하면 유리 용기는 재사용하고 리필품만 채워 넣는다. 비건을 지향하고 나서는 누에고치에서 뽑아낸 실크 대신 옥수수 전분으로 만든 것을 이용한다. 천연 실크보다 식물 소재가 견고함은 조금 떨어지지만 사용에 큰 불편함은 없다. 치간 사이가 다른 남편은 나와 서로 다른 브랜드의 것을 사용하고 있다. (남편은 유리 케이스가 아닌 종이 박스에 든 H사의 제품을 사용한다.)

1	3
2	

슬기로운 집을 소개합니다 :
부부만의 제로 웨이스트 생활 백서

<table>
<tr><td>4</td><td>5</td></tr>
<tr><td></td><td>6</td></tr>
</table>

4. 자투리 나무로 만든 면도기 꽂이

가구를 제작하고 남은 자투리 나무에 홈을
내서 만든 면도기 꽂이다. 뚜껑 없는 면도
기를 선반에 대충 눕혀 놨더니 남편이 꺼낼
때 몇 번 손을 베여서 필요에 의해 만들게
됐다. 모양을 섬세히 다듬지 않았지만 오히
려 투박함이 안정감을 배가 시킨다.

5. 우리 집 화장대 '욕실 수납함'

화장품은 욕실 수납함에 놓고 사용한다.
미니멀한 우리 집엔 별도의 화장대가 없
기 때문이다. 자의적 선택이라 불편함이나
후회는 없다. 1층엔 나의 용품, 2층엔 남
편의 용품, 3층엔 수건이 있는데, 수건은
왼쪽은 남편, 오른쪽은 내 것으로 구분해
사용한다.

6. 제로 포장을 지향하는 화장품

기초 화장품은 종이 케이스에 든 것을 남
편과 공동으로 사용한다. 대다수의 화장
품이 플라스틱이나 유리 용기에 들어 있
는데 재활용률이 낮다 보니 찾은 브랜드
의 것이다. 사용하고 나서는 뚜껑은 알루
미늄으로, 토출 부분은 플라스틱으로, 나
머지는 종이로 분리 배출하면 된다. 화장
품에 그다지 돈을 투자하는 성격이 아니
라서 처음 이 브랜드의 가격을 보고는 가
성비가 나쁘다고 생각했던 기억이 난다.
하지만 의외로 보이는 것보다 양이 알차고
부피 차지도 많이 하지 않아서 미니멀을
꿈꾸는 분들에게도 적합하다.

7. 대나무 화장지

너무 쉽게 사용하고 버리기 때문에 의식하기 힘든데 일반 휴지는 나무를 벌목해 만들기 때문에 환경친화적이라고 할 수 없다. 대안을 찾다가 풀인 대나무를 사용해 만드는 휴지를 들였다. 휴지는 우리 집에서 유일하게 욕실에서만 사용하기 때문에 구입은 대략 1년을 주기로 이뤄지고 있다.

8. 작은 휴지통과 종이 상자

휴지통은 버리는 쓰레기 양을 줄이고 쓰레기가 휴지통에 오래 머무르는 것을 방지하고자 작은 것을 구입했다. 비닐 대신 버려지는 신문지나 지역 월간지 등을 재활용해 종이 상자를 만들어 사용한다.

9. 소창 수건

습한 여름을 버티기 위해 소창 소재의 수건을 추가로 들였다. 소창 수건은 소재 특성상 일반 수건보다 건조 시간이 훨씬 짧다. 덕분에 꿉꿉한 냄새도 나지 않는다. 일반 수건과 흡수력이 유사한데 부피 차지는 덜 하므로 자주 빨래를 해야 하는 사람들에게 소창 수건은 좋은 대안이 될 수 있다. 삶음 과정, '정련'은 귀찮지만 말이다.

| 7 |
| 8 |
| 9 |

Plus. 소창 정련

정련은 섬유에 있는 잡물을 없애는 과정을 의미한다. 소창은 목화솜에서 뽑아낸 실로 만든 천연 면직물로, 목화씨 가루와 옥수수 풀기 때문에 정련 과정을 거쳐야 물기를 흡수하는 천으로 사용하기 좋아진다.

나는 1시간 이상, 여유가 되면 반나절 정도 미지근한 물에 수건을 담가 놓았다가 베이킹 소다로 2회, 과탄산소다로 1회, 회당 30분씩 삶아 준다. 이 과정을 거치면 뽀얘지고 한결 부드러워진 소창을 만날 수 있다.

슬기로운 집을 소개합니다 :
부부만의 제로 웨이스트 생활 백서

Bathroom

내게 제일 편한 화장대,
욕실 수납함

나는 취향과 기호가 반영된 개인의 화장품 사용량과 소비 방식을 존중한다. 하지만 미적 욕구를 자극하며 쏟아지는 다양한 용도의 화장품과 세세하게 나뉜 화장 단계에 놀랄 때가 많고, 적은 수의 화장품으로도 무탈히 사회생활을 해왔던 터라 개인적으로는 현대인들이 화장품 과잉 시대에 살고 있다고 생각한다. 아마 내가 화장을 비롯하여 겉치장에 쏟는 열정이 크지 않은 사람이라서 더더욱 그렇게 느끼는 것일지도 모른다.

나는 파운데이션이라는 것을 대학교에 입학 후 본격적으로 사용하기 시작했다. 고등학생 때 한두 번 저렴한 BB 크림을 호기심에 구입해 손등에 발라 보긴 했으나, 네 것도 내 것도 아닌 피부색에 놀라서 성인이 될 때까지 제대로 화장을 해 본 적이 없다. 시력이 나빠 안경을 쓰면 콩알만 해지는 눈이 화장을 더 기피하게 만든 원인이기도 했다. 애써 아이라인을 그려도 안경을 써 버리면 아이가 어설프게 엄마의 화장을 따라한 것처럼 보였기 때문이다. 그 안경은 대학교 3학년쯤에서야 벗었는데, 안경을 십 수 년 껴 왔더니 맨 얼굴이 스스로 낯설어 화장품으로 가려 보려 애썼다. 외출하지 않는 날에는 화장 연습을 핑계 삼아 평일보다 더 많은 양의 화장품을 쓰기도 했다. 하지만 전문가의 화장법을 영상으로 배우기란 쉽지않은 일이라서 금방 그만두었다. 어설픈 손길로 따라한 그득한 눈두덩이보다 주근깨가 보이는 맨 얼굴의 내가 더 나아 보였기 때문이다. 그러니 내게 화장이란 그저 번거로운 절차로 남을 수밖에 없었다.

나는 좋은 피부를 위해 화장품을 덧바르기보다 스트레스와 먹거리를 조절하는 게 더 시급한 유형의 사람이기도 하다. 인스턴트 음식을 먹은 다음 날이면 예외 없이 얼굴에 뾰루지가 하나씩 올라온다. 뾰루지를 보고 "너 어제 라면/떡볶이 먹었지?" 하고 물어보면 십중팔구 맞을 정도다. 중요한 약속이 잡히거나 발표를 앞두고 긴장과 스트레스가 지속되어도 빨

간 트러블이 올라온다. 정말 예민한 성격이 그대로 발현되는 피부다. 하지만 그렇다는 것은 멘탈과 식사 메뉴를 잘 조절한다면 그럭저럭 괜찮은 피부 상태를 유지할 수 있다는 이야기이기도 하다. 덕분에 화장품을 이것저것 사용하지 않고 한 손에 꼽을 만큼만 가지고 있어도 일상생활을 하는 데 별다른 불편함이 없다.

한 손에 꼽는, 그나마 가지고 있는 화장품은 수분 크림, 자외선 차단제, 파운데이션, 립밤과 아이브로우다. 아이섀도나 마스카라 등의 눈 화장은 아예 하지 않는데, 극적인 변화를 주고 싶은 아주 특별한 날이 있을 때는 차라리 메이크업 숍을 이용한다. 그마저도 대학원 졸업식이 있었던 3년 전 겨울이 마지막이지만.

이렇게 화장품의 개수도 적고 화장에 소요하는 시간도 많지 않다 보니 화장대는 나에게 가구로서 무의미하다. 필요성을 느껴본 적이 없어서인지 결혼 전에도 화장대를 소유해 본 적이 없다. 어느 정도냐 하면 대학생이 되고 성인이 되었으니 화장대 하나쯤은 있어야 한다는 엄마의 제안을 거절하다 못해 말렸을 정도다. 화장품의 개수가 워낙 적으니 화장대가 있었다면 배보다 배꼽이 더 큰 느낌이었을 것 같다. 당연히 혼수 가구 목록에도

화장대가 없었고, 대체 가구로 욕실 수납함을 이용하고 있다.

욕실의 수납함은 세 개의 층으로 나누어져 있는데, 1층에는 나의 물품이, 2층에는 남편의 물품, 3층에는 수건이 놓여 있다. 2인 가구라서 보관하는 수건이 적어 수납함의 남은 공간을 화장대 겸용으로 활용하기 좋았다. 욕실 수납함은 세면대 옆에 있고 문이 거울로 되어 있는데 세안 후 피부를 바로 확인하고 가까이서 바라보며 정돈하기에 최적의 동선을 가지고 있으니 화장대로 안 쓸 이유가 없다. 불필요한 소형 가전으로 전자레인지를 꼽았다면, 불필요한 소형 가구로는 화장대를 꼽겠다.

수건과 발수건은 달라야 하는가

남편과 함께 살아 보니 결혼 생활은 반려자와의 다른 점을 발견해 가는 과정인 것 같다. 우리는 길다면 긴, 2년을 연애하고 결혼했지만 서로 다른 생활 패턴이나 습관 때문에 신혼 초 한동안 새로운 사람과 생활하는 것 같아서 당황스러웠다. 다행스럽게도 양말을 벗어 놓는 방법이나 치약을 짜는 방향 같은 소소한 습관으로 다

투지는 않았고, 살림도 시간이 나는 사람이 알아서 설거지든 청소든 끝냈으므로 대부분의 날이 평화롭긴 했다. 단지 빨래를 하는 주기와 그 주기에 지대한 영향을 미치는 수건 사용 방법과 처리가 나의 신경을 가장 거슬리게 하는 요인이었을 뿐.

밝은색의 옷을 주로 입는 나와 어두운색의 옷을 주로 입는 남편은 이염

의 가능성 때문에 각자의 빨래는 각자가 담당했는데, 세탁기는 보통 어느 정도 빨랫감이 쌓여야 돌리므로 건조기도 없고 건조대의 수가 제한적인 우리 집에서는 누군가가 먼저 세탁기를 돌리면 다른 사람은 세탁을 위해 최소 하루를 기다려야 했다. 보통은 전자가 남편이고 후자가 나였다. 남편은 옷의 청결을 중요하게 생각하고 청바지도 일주일에 한 번은 꼭 빨아야 하는 사람이라서 빨랫감이 자주 쌓였기 때문이다.

이외에도 서로 수건을 쓰는 속도나 방법이 달랐다. 나는 냄새가 나지 않으면 쓴 수건을 건조해서 이틀도 더 쓰고, 한 장의 수건으로 온몸을 닦고 머리도 말리는 사람이었다. 반면 남편은 수건의 역할이 구분되어 있는 사람이었고, 한번 쓴 수건은 가차없이 빨래 바구니에 넣었다. 남편의 것으로 넣어둔 수건은 빨리 소진됐고, 상대적으로 넉넉한 내 수건을 빌려 쓰는 일도 종종 있었다. 당연히 날이 갈수록 세탁기를 돌릴 만큼의 내 빨래가 쌓이는 일은 줄어들고, 남편은 반대일 수밖에 없었다.

내 수건을 포함하여 남편이 쓴 수건들은 남편 자신의 옷과 함께 세탁기에 넣어졌다. 밝은 회색이었던 수건의 절반 이상이 어두운색의 옷에 이염되어 불그죽죽해지기 시작했다. 빨래를 자주 돌리지도 못하는데 내가 쓰는 수건의 상태가 나빠지자 점점 짜증이 났다.

그래서 남편의 수건 사용 속도나 패턴을 조금 더 상세히 분석해 보기로 했다. 나는 남편이 씻고 나올 때 손에 든 수건과 욕실에 걸려 있는 수건, 수납함에 있는 수건의 수와 빨래통에 들어간 수건의 수를 비교하며 하루에 몇 개의 수건을 사용하는지 체크했다.

아쉽게도 남편은 막 꺼낸 수건도 쓰기에 냄새가 별로다 싶으면 곧장 빨래통에 넣는 등 사용 방식에 대중이 없어 명확히 규정하기는 힘들었지만, 그래도 평균적으로 욕실에 한 번 다녀올 때 최소 2장의 수건을 사용한다는 것은 알게 됐다. 남편은 외출하고 올 때마다 손과 발을 꼬박꼬박 잘 닦았는데, 손을 닦기 위해 한 장, 발을 닦기 위해 한 장씩 수건을 꺼내 썼다. 발수건 대용의 발 매트를 욕실 앞에 놓았는데도 별도의 수건을 쓰는 것, 이것이 나와의 큰 차이점이었다.

몇 차례 동일한 상황을 목격한 후 남편에게 씻고 나온 본인 발이 더럽게 느껴지는지를 물었다. 남편은 그게 무슨 뜻이냐고 되물었다. 나는 손도 발도 같은 비누로 닦았는데 왜 수건으로 차별하는 건지 모르겠다고, 당신에게 발 매트란 무슨 용도인 것인지 말해달라고 했다. 남편은 내 물음에 대답하기 전에 내게 먼저 묻고 싶은 게 있다며, 결혼하기 전에 처가댁에도 욕실 앞에 수건이 늘 놓여 있었냐고 되물었다. 우리 집 욕실 앞에는 항상 수명을 다해 얇아진 수건이 놓여있기에 그렇다고 답했다.

남편은 왜 발을 별도의 수건으로 닦는 게 내게 낯선 일인지 알 것 같다고 했다. 들어 보니 별도의 수건으로 발을 닦는 건 남편에게 습관으로 굳어진 행동이었다. 욕실에서 나오기 위해서는 축축한 발을 닦는 행동이 선행되어야 했고, 내 발을 닦은 수건을 그대로 놓는다면 누군가가 다른 용도로 사용할 수도 있으니 바로 치워야 했단다. 남편은 의식조차 해 보지 않은 자신의 습관이었다며, 곰곰이 생각해 보면 이상할 수도 있겠다고 덧붙였다. 납득한 일은 쉽게 수용하는 남편의 유한 성격 덕에 큰 충돌은 없었다.

그때부터 남편은 수건을 하루에 한 장씩만 사용하기 시작했다. 간혹 두 개의 수건이 수건걸이에 걸려있을 때도 있었지만, 발 매트에 발을 슥슥 밀기도 하며 자신에게 조금은 관대해졌다. 덕분에 그때부터 빨래를 돌리는 횟수가 줄고 간격이 늘어났다. 그만큼 물 사용량도 줄어들었으니 조금 더 환경친화적인 삶으로 나아갔을지도.

슬기로운 집을 소개합니다 :
부부만의 제로 웨이스트 생활 백서

플라스틱과 비닐 대신 종이 상자

종이는 우리 집에서 활용도가 높은 소재 중 하나다. 스테인리스와 더불어 우리가 선호하는 소재이기도 하다. 종이의 장점은 모양 변형이 자유롭고 물 흡수력이 뛰어나다는 것이다. 비록 빳빳하게 펴서 말린다 한들 구김이 생기지만, 젖은 종이도 몇 번이고 다시 쓰는 데 문제가 없다는 것 또한 이점이다. 그래서 신문지나 잡지 등의 종이는 우리 집에서 다양하게 사용된다.

도톰하고 빳빳한 종이로는 네모난 상자를 접는데, 이게 우리 집 욕실에서 두 가지 역할을 갖는다. 첫 번째로는 화장품 보관함으로 쓴다. 이전에는 화장품 수납함으로 칸이 6개로 나뉜 플라스틱 소재의 용기를 사용했었다. 그러다가 화장을 잘 하지 않으므로 화장품의 수를 더 줄여도 괜찮다고 판단했고, 여섯 칸의 플라스틱 용기가 과하다고 느껴지면서 비우게 됐다.

그렇게 비워놓고 굳이 번거롭게 종이를 접어 다시 채워 넣는 이유는 무엇일지 의문이 생길 수도 있겠다. 처음에는 나도 같은 생각으로 몇 개 없는 화장품을 욕실 수납함에 낱개로 각각 올려놓고 생활했으니까. 하지만 내가 다소 조심성이 없다 보니 수납장 문을 여닫거나 물건을 꺼내면서 낱개의 화장품을 툭툭 치는 일이 잦았다. 의식하고 조심히 행동한다고 해도 나는 자주 화장품을 바닥에 떨어뜨렸고, 그로 인해 뚜껑이 깨지거나 표면이 젖는 일이 많아졌다. 고민하다가 종이로 상자를 접어 화장품을 넣어 보관하기로 했다. 그러니까 종이 상자는 조심성 없는 나에게서 화장품을 보호하기 위한 도구인 것이다. 더불어 종이 상자는 새어 나온 화장품이나 습기도 흡수하여 청소할 때 크게 신경 쓰지 않아도 된다는 장점도 있다.

두 번째로는 쓰레기봉투로 쓰던 비닐 대용으로써 종이 상자를 사용하고 있다. 화장품 보관함이 오염되거나 많이 헤지면 휴지통에 넣어 한 번 더 사용하고 처분하는데, 같은 상자도 여러 가지 역할로 사용할 수 있어 쓰레기를 더 줄일 수 있다.

습한 화장실에서 종이 소재가 물기를 잘 빨아들이고, 크기가 작아서 냄새가 나기 전에 바꾸기도 쉬우니 청결 지수도 높아진다. 몇 분이 채 걸리지 않는 종이 접기지만, 수납함, 휴지봉투를 만들고 있으면 다른 생각이 들지 않는다는 것 또한 종이 상자를 쓰면서 발견한 좋은 점 중 하나다.

그뿐인가, 생각보다 보기에도 나쁘지 않다. 영자 신문을 접어 넣으면 그럴듯한 인테리어 아이템처럼 보일지도 모른다. 그래서 영자 신문 구독자에게 권해 보고 싶은 수납 방법이기도 하다. 그게 아니더라도 어느 날 무슨 일이 있었는지 바로 알 수 있는 월간지나 한글 신문도 충분히 매력적인 소재이니 종이의 신박한 사용 방법들을 찾아봐도 좋겠다. 부디 활용 방법이 널리 알려져서 집에서뿐 아니라 사무실에서도 요긴하게 쓰이며 소소한 소품들 수납에 애를 먹는 사람들에게 유용하게 쓰였으면 좋겠다.

BED&LIVING ROOM

침실 겸 거실의 제로 웨이스트 아이템

침실은 우리 집에서 가장 많은 변화가 일어났던 공간이다. 미니멀 라이프를 하면서 물건의 부피와 수가 줄었는데 거기에 제로 웨이스트가 덧대지면서 단순한 비움이 아니라 업사이클링을 수 차례 시도했기 때문이다. 주로 들들 볶인 가구는 침대 프레임과 책장인데, 나의 제안과 남편의 수고로움이 더해져 모양과 크기, 용도가 다양해졌다.

침대 업사이클링

> **"잘라낸 침대 프레임을 그대로 버리기 아까웠던 우리는 남은 프레임의 활용 방법을 고민했고, 그 결과물은 아래와 같다."**

1. 건식 화병

침대 헤드에서 두꺼운 기둥은 건식 화병이 되었다. 언젠가 인터넷에서 본 원목 화병이 계속 눈에 밟혀서 남편에게 갑자기 제안했었는데, 기억하는 이미지를 떠올리며 마음 가는 대로 자르고 다듬어서 모든 면의 모양이 다 제각각이다.

2. 트레이

침대 헤드의 갈빗살은 두께가 동일해서 규격을 맞출 수 있는 무언가를 만들기 좋았다. 덕분에 남는 합판을 바닥 삼아 붙여 작은 티 트레이를 만들었다. 찻잔 두 개가 놓이기 딱 좋은 크기라서 간단히 다과를 먹거나 차를 마실 때 그럴듯한 분위기를 만들어 준다.

3. 수납장 칸막이

기존에 있던 6칸 수납장은 꽤 커서 침대 헤드의 갈비살로 만든 위 칸막이를 넣고 사용했다. 수납칸의 사이즈에 맞게 재단했고 소재도 같은 원목이다 보니, 만들고 나서 세트처럼 딱 맞아떨어지는 게 뿌듯했다. 지금은 수납장이 비워지면서 칸막이만 옷장 안에 덩그러니 놓이게 됐는데, 남편과 나는 이를 옷장 바닥에 놓고 양말을 보관하는 용도로 사용 중이다.

책장 업사이클링

"원래는 5단이었던 책장은
우리가 미니멀과 제로 웨이스
트를 지향하면서 필요에 따라
다양하게 변해갔다."

1. 낮아진 책장

지금 우리 침대 옆에는 2단 책장이 놓여 있
다. 결혼 전부터 남편이 사용해 온 책장인
데, 원래는 5단이었다. 하지만 미니멀 라이
프를 시작하고 안 보는 책들을 처분함에 따
라 텅 빈 공간이 늘어나면서 단을 낮췄다.

2. 책장의 재탄생

5단 책장을 3단으로 만들고 남은 자투리는
한동안 TV장으로 쓰고 있었는데, 6개월 정
도 시간이 지나 책을 더 많이 비우고, 책장
을 더 낮추기로 하면서 또다시 변화를 맞았
다. TV장과 자투리 나무를 이용해 찻장을
만들기로 한 것이다. 현재 찻장은 매장에서
쓸모를 찾았고, 매장의 가구를 만들고 남은
부자재로 더 심플하게 만들어 놓고 사용 중
이다.

1. 3n살 솜이불 세트

남편과 내 물건을 모조리 꺼내 놓는다면, 이 이불의 연식이 가장 많을 것이다. 솜이불 세트는 내가 엄마에게 받은 것으로, 원래는 꽃무늬였으나 한차례 커버갈이를 통해 개인 취향 맞춤으로 탈바꿈했다.

솜이불의 특성상 시간이 지나면 몇 차례 솜을 다시 틀어야만 잘 사용할 수 있어 침대생활보다 관리가 번거롭지만, '아나바다'에 최적화된 제로 웨이스트 아이템으로는 이이불을 꼽고 싶다.

2. 가습기 대신 적신 담요

사용하던 가습기가 고장 나자 자주 사용하는 가전이 아니라서 비우고, 겨울에는 큰 비치 타월을 적셔 놓는 것처럼 아날로그한 방법으로 집안의 습도를 조절하고 있다. 물을 오래 놔두면 담요에서 냄새가 나기 때문에 주기적으로 갈아주고 세탁도 해야 하는 번거로움이 있지만, 가습기 세척이나 필터에 대한 불안함에서 벗어날 수 있으니 기꺼이 가습기 대용으로 수건을 쓴다.

3. 보온 물주머니

나는 수족냉증이 심해서인지 추위를 많이타는 편이다. 그래서 오랫동안 겨울마다 대량의 핫팩을 구입 후 써 왔다. 제로 웨이스트를 시작하고 나서는 한 번 쓰고 버려지는 핫팩에 마음이 불편해져서 고민하다가 보온을 위해 물주머니를 사용하기로 했다.

사용한 물은 몇 번이고 다시 데워 사용할수 있고, 비우고 싶어지면 변기 물탱크에넣으므로 환경친화적이다.

1	2
	3

자르는 게 취미는 아닙니다만

침대가 불편해졌다

우리만의 삶을 살자고 입이 닳도록
얘기했지만 결혼을 준비하면서 양가
부모님이나 결혼 선배들의 의견에 흔
들리는 날이 있었다. 그래도 이 정도
는 필요한 것 아닌지 합리화하면서
은근슬쩍 혼수 가구와 가전을 추가
하려는 우리를 발견할 때도 있었다.
살아보면서 살림살이는 천천히 맞춰

가고 채워 가도 됐을 텐데, 그때는 결
혼 생활이 시작되기 전에 모든 게 완
성되어 있어야 하는 줄 알았다.
보통의 다른 집에 비해서 우리 집 혼
수 가전과 가구의 수는 적은 편이다.
리스트를 참고하지 않았고 패키지
할인의 유혹에 넘어가지 않은 덕분
이라고 생각한다. 하지만 살면서 채
운 것과 미리 선택한 것 사이에는 분

명한 만족감 차이가 있다. 그래서 우리 집엔 결혼 연차가 쌓이는 내내 아쉬움을 남기고 멀쩡한 본연의 모습으로 살지 못하는 가구들이 있다. 대표적인 게 바로 침대다.

할머니와 함께 살던 때를 제외하고 내 방엔 늘 침대가 있었다. 침구 정리가 편해진 덕분인지 나는 침대와 한 몸인 것처럼 입식 생활을 즐겼다. 누워서 책을 보거나 엎드려서 시험공부를 했고, 과자를 먹을 때나 문자를 주고받는 대부분의 시간도 침대에서 보냈다. 한여름에도 이불을 목까지 덮어 가며 침대와 체온을 공유했고, 누워 있는 게 좋아서 멍하니 누워 있다가 단잠에 빠질 때도 많았다.

그래서 혼수 품목에 침대는 고정값이었다. 크기와 브랜드를 고민했지 침대의 필요성 여부를 의심하지는 않았다. 내 생각이 워낙 확고했기에 침대 없이 살아온 남편은 침대 구매를 전적으로 내게 맡겼다. 위임 받은 품목이었기 때문인지 더 막중한 책임감을 느꼈다. 눈치보지 않고 써도 될 내 돈이었지만, 조금 더 현명하게 써서 너의 반려자가 이렇게 알뜰하단다, 하고 생색도 좀 내 보고 싶었다. 그래서 침대 구매 전 디자인이나 브랜드, 가성비 사이에서 오랜 시간 고심했다. 질리지 않으면서 유행을 타지 않는, 오래 사용하더라도 촌스러운 느낌이 없는 것을 찾고 싶었다.

침대 기능의 99%는 매트리스가 담당한다고 생각했다. 그래서 좋은 매트리스라면 가격을 어느 정도 지불할 각오가 되어 있었지만, 프레임은 예외였다. 있으면 감각적이겠지만 없어도 상관없는 핸드폰 커버 같은 느낌이었달까. 하지만 내 조건이 너무 까다로워서인지 마음속으로 설정한 마지노선 지출 금액 안에서 만족할 만한 제품을 찾는 게 쉽지 않았다. 인터넷이란 망망대해를 헤매다가 결국 제풀에 지쳐 근사하게 찍힌 온라인 사진만 보고 프레임을 따로 주문했다. 쇼룸에서 이것저것 직접 살펴보고 비교해 본 매트리스와는 대비되는 선택과 구매였다. 그래서였을까, 나의 무관심에 대항하듯 마주한 제품 곳곳엔 하자가 있었다. 심지어 헤드 부분은 우리의 신체 조건에 반(反)하는 구조로 툭 튀어나와서 거북목이 되는 데 일조했다. 높이도 애매해서 단 하루도 마음 편히 침대에 기댈 수 없었다. 이게 나만의 느낌은 아니었는지, 지나가듯 토로한 불편함에 남편도 격하게 동의했다. 내가 들인 혼수 가구라서 그동안 별말 없이 참고 쓴 모양이었다. 민망하고 미안했다.

나는 내 선택을 실패로 만들고 싶지 않아서 대안을 찾기 시작했다. 마침 제로 웨이스트 라이프도 시작한 시점이었다. 필요없다고 그냥 버리는 처분 방식을 지양했기에 몇 달 동안 침대의 새활용에 대해 남편과 의견을 나눴다. 단점을 덜어 내는 침대 탈바꿈 작업이 시작된 것이다.

결론부터 말하면 경추의 안녕을 방해하는 헤드를 잘라 버렸다. 가구 전공자인 남편이 자신의 능력을 유감없이 발휘하도록 했다. 두세 차례 지인의 공방을 오가며 프레임을 잘라냈고, 남겨진 부자재도 쓸모를 찾아 필요했던 것들로 변신시켰다. 정말 탈탈 털어 대부분의 조각을 재사용하려 노력했다. 그 결과 티 트레이와 서랍장 파티션, 프라이팬 정리대와 인테리어 화병이 생겼다.

추가적인 소비 없이, 불필요한 낭비없이 필요했던 아이템을 들이게 됐으니 결과가 만족스러웠다. 지구에 무해한 일을 한 것 같아 우리 둘에게 칭찬도 아끼지 않았다. 하지만 그렇게 되기까지 너무 많은 시간과 에너지를 썼다. 서두르지 않았다면 애초에 지불하지 않아도 됐을 돈을 쓰기도 했다. 시행착오라기에는 너무 큰 아이템이었어서 나름 마음고생까지 심했으니, 이 모든 걸 감안해서 계산

한다면 구입부터 업사이클링까지 소비한 시간과 소진한 에너지의 총점은 완전 마이너스일테다.

그래도 침대 헤드를 자르고 나서 우리의 마음은 편해졌다. 미니멀과 제로 웨이스트 라이프를 지속하는 데 부부가 의기투합할 수 있도록 지대한 공헌을 한 아이템으로 침대를 제일 먼저 꼽을 수도 있을 것 같고 말이다. 몇 문단으로 정리된 이 과정은 거의 1년에 걸친 프로젝트였다. 누군가에게는 그냥 버리면 끝날 별것 아닌 가구이고 일상이었을지도 모른다. 그래서 왜 이렇게 일을 만들어 하는지 이해되지 않을 수도 있다. 우리는 표방한 라이프 스타일로부터 부끄럽지 않고 싶었고, 이 과정을 기회 삼아 라이프 스타일을 더 견고하게 만들고 싶었다. 실제로 이 과정을 통해 앞으로 조금 더 현명한 미니멀 라이프와 친환경 생활을 향유할 수 있겠다는 자신감이 생겼다.

———

글을 쓰는 동안 침대에 한 차례 더 변화가 생겼다.

우리는 1년 뒤 이사가 예정되어 있다. 여기까지는 평범한 사실인데, 셀프 이사를 계획하고 있다는 것이 특이점이라면 특이점이다. 물건이 적다 보

니 우리 둘만의 힘으로도 이사가 가능할 것이라 예측하고 있는데, 이 계획을 유일하게 방해하고 고민하게 하는 가구가 바로 침대다. 자르고 다듬으며 사용에 용이하게끔 만들었음에도 불구하고 통 원목이라 너무 무거워서 과연 우리만의 힘으로 이것을 안전하게 옮길 수 있을지, 계획한 셀프 이사를 무사히 마무리할 수 있을지 끊임없이 고민하게 했다.

그래서 또다시 새 활용을 곰곰이 생각했다. 무거워서 옮기기 힘들면 다 잘라 버리고 밑판만 남겨 저상 침대로 만들면 괜찮지 않을까 싶었다. 이러한 생각을 전달하니 남편이 헛웃음을 터뜨렸는데, 침대로 몇 년을 들들 볶이고 있으니 이해도 됐다. 굴할 수 없었지만 그만큼 미안함도 컸기 때문에 이사 갈 때까지 지켜보자고 급히 말을 끝냈다.

하나 그랬던 우리에게 예상치 못한 일이 생겼다. 바로 제로 웨이스트숍을 오픈한 것이다. 막연하게 생각하던 '언젠가'가 갑자기 추진력을 받더니 금세 현실이 되어 버렸다.

오픈 직전, 우리는 제로 웨이스트 숍이니 그 의미에 맞게 공간을 구성할 때 환경친화적인 요소를 많이 생각했고, 그래서 가구도 나무로 짜 넣기로 했다. 그렇게 공간 실측을 하고 그

치수에 맞춰 선반 제작을 의뢰하려 하고 있었는데, 문득 침대가 눈에 들어왔다. 불편함을 주는 이 침대를 요리조리 구워삶으면 우리의 미래를 위해 여러모로 쓸모가 있을 것 같았다. 나는 침대 프레임을 제로 웨이스트 숍 가구로 업사이클링해 보는 건 어떤지 남편에게 조심스럽게 이야기를 꺼냈다. 남편은 놀랍게도 우려했던 것과 달리 의미가 있을 것 같다며 흔쾌히 내 의견을 수락했다.

전동 드릴을 빌려와 침대를 해체했다. 이전보다 더 큰 노동력이 필요한 일이었다. 모든 조각을 분해했고, 업사이클링할 부분들을 차에 실었다. 가구를 쪼개고 부숴버릴 때마다 찾는 지인의 공방이 이번에도 큰 도움이 됐다. 그리고 밑판만이 남은 우리 집 침대는 얼떨결에 저상 침대가 되어 내 소원도 이룰 수 있었다.

침대의 밑판을 제외한 앞뒤, 옆 판들은 숍의 인포데스크가 되었다. 내 키에, 매장 분위기에 맞는 사이즈와 이미지를 함께 협의하며 만들어 냈다. 본업이 있으면서도 손수 해야 마음이 편하다며 먼 길을 오간 남편의 수고 덕분에 모든 것이 무사히 완성되었다.

아직 매트리스라는 난관이 있기는 하지만, 침대 프레임은 이제 무사히 셀

프 이사를 할 수 있는, 기구 없이도 옮길 수 있는 형태로 남았다. 나머지 침대 프레임도 단지 버려지는 것이 아니라 조각조각 나뉘어 침실과 주방, 옷장을 넘어 영업장에도 놓이게 됐으니 의미가 남다르다. 정말 아낌없이 주는 신혼 가구다.

낮아지는 책장

결혼하기 전 남편이 자신의 방에 놓고 쓰던 원목의 5단 책장이 있다. 책뿐만 아니라 개인 소품과 화장품 등을 놓기 위해 사이즈를 재고 맞춰 주문한 책장이었다. 남편은 원목을 사랑하고 가구에 대한 애착이 남달랐기에, 당연하게도 이 5단 책장과 그곳에 놓여 있던 물건들은 고민할 새도 없이 신혼집으로 들어왔다. 그리고 책장은 원래 그래야 했던 것처럼 침대 옆에 놓았다.

침대에 누워서 책장을 보고 있노라면 가끔 숨이 턱턱 막혔다. 압도되는 책장 자체의 크기 때문이기도 했고, 내 것까지 추가되어 모든 선반을 틈 없이 채운 책들도 부담스러웠기 때문이다. 그래서 우리는 소장 그 자체가 목적이었던 수많은 책들을 골라내기로 했다. 그러자 제일 먼저 깊이 있는 독서를 하는 사람처럼 보이고 싶어서

읽지도 않으면서 꽂아 놓았던 인문학, 철학책이 눈에 들어왔다. 그리고 책 제목이 그럴듯해 들여놓고는 펼쳐 보지 않은 원서와 그럴싸한 사진을 위해 가끔 꺼내지는 잡지들이 그 뒤를 이었다.

본연의 역할을 수행하지 못하니 비워 내도 되는 책이 많았다. 다만, 책은 두면 언젠가는 그 쓸모를 다 할 것만 같아서 비우자고 마음먹기까지가 힘들었다. 내 머릿속에 꾸역꾸역 집어넣은 지식이 책을 따라 집 밖으로 사라질 것만 같은, 왠지 모를 불안함도 있었기 때문이다.

책의 개수에 욕심이 생겨 비움이 힘든 것이라면 공공 도서관이 집 바로 앞에 위치한다는 지리적 이점을 누려 보기로 했다. 수십만 권의 책이 내 소유의 것이라고 생각하면 대리 만족할 수 있을 것 같았다. 다행히 도서관을 적극 이용하기로 마음먹은 뒤에는 비움이 비교적 수월해졌다. 그러나 물건을 비우는 과정에서 마음을 비우지는 못했다. 무료 나눔을 하자니 본전이 자꾸 생각나서 대부분의 책을 중고 서점을 통해 몇 푼이라도 꼭 받고 처분했기 때문이다.

중고 서점에 재고가 너무 많아 더 이상 매입을 안 하는 것들은 동네 중고마켓 어플을 이용했다. 시리즈물은

학원이나 유치원 등의 교육 기관 담당자에게 특히 잘 팔렸다. 갖은 노력을 했음에도 안 팔리는 것들은 지역 카페나 블로그 이벤트 등을 통해 나누기도 했다. (기증도 해 보고 싶었지만, 가지고 있는 책들이 기증의 기준을 벗어나는 것들이라 아쉽게도 그 방법을 통해서 책을 비워 보지는 못했다.)

여러 방법을 시도한 덕분에 책은 빠르게 줄기 시작했고, 가득했던 두 개의 5단 책장이 금세 반이나 비었다. 그러자 그때부터는 가구의 역할이 신경 쓰이기 시작했다. 나는 물건이 있으면 그 물건의 역할에 대해 굉장히 집착하는 편이다. 때문에 5단으로써의 기능을 하지 못하는 5단 책장이 가구가 아닌 짐처럼 느껴졌고, 점점 책과 함께 책장도 비우고 싶어졌다. 다만 책장이 내 가구는 아니므로 함부로 처분할 수 없어서 텅 빈 책장이 과연 책장으로서 의미가 있는지를 남편에게 잊어버릴 만할쯤 한 번씩 얘기를 꺼내 자극했다. 결국 활용도에 따라 책장은 3단으로, 또 2단으로 낮아졌고, 책장의 자투리는 TV장이 되었다가 지금은 가게에서 쓰는 찻장이 되었다.

가구를 못살게 굴고 싶지 않았지만, 자꾸 만들고 싶은 것들이 생각나 어쩔 수 없었다. 멀쩡한 가구들이 나를 만나 잘려 나가고 이것저것 새로운 용도로 재탄생하기 시작했다.

새삼 미안한 건 나는 머리와 입으로만 떠들었고, 실제로 노동력을 제공한 사람은 남편이었다는 것. 가구를 자르는 게 취미는 아니지만, 살아가면서 쓰임새에 맞게 변화를 줄 수 있다는 것에서 이 과정이 질리지 않는다. 남편의 생각은 다를 것 같지만.

Plus. 책을 비울 수 있는 경로

1-1. 지역의 공공 도서관

지역의 도서관 사이트를 검색해서 공지사항 등을 찾아보면 도서 기증에 관련한 내용을 확인할 수 있다. 기증 도서의 기준은 도서관마다 상이한데 기증받는 도서의 장르나 연도, 상태 등에 대한 규정이 표기되어 상시로 기증받는 경우도 있고, 이용자의 이용 빈도가 높아 훼손과 파손이 높은 책을 직접적으로 명시해 필요한 도서를 기증받는 곳도 있다.

1-2. 국립중앙도서관 '책다모아' 서비스

국립중앙도서관에는 신청서 작성 후 도서를 기증할 수 있는 서비스가 마련되어 있다. 기증된 도서는 미소장 도서의 경우 국립중앙도서관에 등록하고, 이미 소장된 도서는 정보소외 기관(작은도서관, 병영도서관, 지역 아동센터 등)으로 재기증한다. 개인적으로 환경 관련 잡지를 기증하고 싶었는데 잡지의 특성상 과월호는 이

슬기로운 집을 소개합니다 :
부부만의 제로 웨이스트 생활 백서

미 지나간 정보들이 수록된 경우가 많아 기증받지 않는다고 담당자와 통화해 본 경험이 있다.

2. 중고 서점

가장 대중적으로 이용하는 책 비움 방법이다. 알라딘 중고 서점과 예스24 중고 매장이 널리 알려진 매매 가능 서점이다. 매입 가능한 도서인지는 미리 검색해서 알 수 있는데, 예상 가격은 현장에서와 다를 수 있다는 것을 감안해야 한다. 증정 도서는 매입이 불가하니 참고!

물건의 나이

미니멀 라이프를 시작하고 대부분의 물건들은 역할에 따라 하나씩만 남았다. 적게 소유하겠다는 '미니멀'에만 초점을 맞춘 결과였다. 물건을 비워 내면서 넓어진 공간을 통해 만족스러운 쾌적함을 맛봤다. 하지만 지금 생각해 보면 그게 과연 최선의 선택이었을까 돌아보게 된다. 버리기 전에 물건의 쓸모를 찾아 주는 일이 더 값진 행동일 수 있었겠다는 생각이 들기 때문이다. 쓸모를 찾으니 버릴 이유가 없고, 굳이 의미를 부여하며 같은 역할을 할 다른 물건을 들일 이유도 없어진다. 쓰레기가 나오지 않으니 비우고 나서의 죄책감도 없다. 그게 의미 그대로의 제로 웨이스트기도 할 테다.

가끔 비우기 그 자체에 얽매이는 미

니멀리스트를 보곤 한다. 적게 설정한 총량, 개수에만 집착해서 끊임없이 새로운 물건을 들이고 보내는 것도 본다. 그런 모습을 볼 때면 나 스스로가 지양하길 바라고 남들도 그랬으면 하는 라이프 스타일이라서 아쉬울 때가 많다. 나 역시 그런 시행착오를 겪었으니 이건 일종의 고해성사기도 하다.

나는 글을 쓰면서 지금의 내가 함께하는 물건들의 수에 집착하지 않고 잘 지내고 있는지 확인하기 위해 라이프 스타일을 견고히 하는 과정 끝에 남긴 물건들을 돌아봤다. 촌스럽고 불편하나 나에게 유용한 것들이 보였다. 남편의 손을 거쳐 내게 온 안경, 어떤 옷차림에도 매치가 불가능한 땡땡이 양말, 화려한 손수건, 그리고 솜이불 세트. 그중에서도 외할머니와 엄마의 손을 거치며 나보다 나이를 먹은 솜이불이 내 눈에 오래 들어왔다.

3n살 솜이불

엄마는 결혼할 때 외할머니로부터 솜이불 세트를 받았다고 했다. 하지만 솜이불을 펼칠 일은 거의 없었다. 내가 태어나기 전, 출장이 많은 아빠의 직업 특성상 잦은 이사로 거주지가 일정하지 않았기 때문이다. 엄마가 아빠와 함께 이동해야 하는 날이 많았던 신혼 초에 무거운 솜이불이란 그저 거추장스러운 짐에 불과했을 것이다. 정착하고 나서는 침대 생활을 하게 됐으니 그 때문에 또 꺼낼 일이 없었을 테고.

나도 결혼식을 올리고 엄마로부터 솜이불 세트를 받았다. 새것은 아니었고, 외할머니로부터 받은 엄마 이불솜을 다시 튼 것이었다. 자식들이 결혼할 때마다 한 채씩 주실 생각이셨던지 엄마는 본인의 두툼한 솜이불 1개를 3개로 나누었는데, 오빠보다 내가 먼저 결혼하게 되면서 내가 맨 처음으로 나뉜 이불 중 한 채를 받게 됐다.

처음 이불에는 맨들맨들한 파란 꽃무늬의 커버가 씌워져 있었다. 왜 엄마가 주는 물건들에는 늘 꽃이 한가득인지. 꽃무늬는 내가 선호하는 스타일이 아니라서 사실 솜이불 세트를 받았을 때 감사하다는 마음보다 '굳이 뭘 이런 거까지.' 하는 생각이 더 컸다. 요란한 커버에 애착이 안 생겨서 사소한 것도 다 찍어 올리는 블로그에도 웬만해서는 보이지 않았다. 또한 작은 옷장이 이미 우리 옷만으로도 가득해서 두툼함을 넘어선 뚱뚱이 이불과 요는 보관하기도 난감

했다. 장점보다 단점이 많은 선물이었다.

하지만 내 느낌이 어떤지와는 별개로 솜이불 세트는 훗날 요긴하게 쓰였다. 잠버릇이 험한 사람과 한 침대를 사용하는 게 힘들었던 내가 침대와 바닥을 오가기 시작했기 때문이다. 받을 때 번거롭다고 생각했던 솜이불이 없었다면 이를 갈고 코를 고는 남편의 뺨이 남아나지 않았을지도 모른다.

나는 한여름을 제외하고 세 계절에 모두 솜이불을 덮거나 깔고 지냈다. 솜이불의 휴지기에는 커버를 벗겨 열심히 세탁했다. 하지만 주기적으로 관리해도 얼굴과 손이 닿는 부분의 커버는 점점 노랑을 넘어 누렇게 변해 갔다. 커버에 애착이 없어선지 사실 그리 정성껏 빨래를 했던 것 같지도 않고.

그렇게 만 4년. 이 정도면 취향도 아닌 것을 도리를 지켜 오래 잘 썼다는 생각이 들어 새 커버를 맞췄다. 치수를 재고 맞춘 커버 덕분에 솜이불은 다시 정갈해졌다. 주야장천 썼더니 눌려서 점점 얇아지고 있었는데, 커버를 갈아 주니 새 생명을 불어넣은 것처럼 포실포실해졌다. 관리가 힘들 것이란 주변의 만류로 꿈에 그리던 호텔식 하얀 커버는 포기했지만, 우리의 취향을 담은 민무늬 커버로 수면 만족도가 높아졌다. 버리지 않고 숨결을 불어넣어 준 선택이 현명했다는 생각이 들었다.

닳고 얇아지면 다시 솜을 틀어야 하고 커버도 맞춰야 할 테지만, 분실하지 않는 이상 솜이불은 내가 40살이 되고 50살이 되어도 나보다 더 많이 나이 든 채로 함께 있을 것이다. 나이와 함께 달라진 나의 취향에 따라 어쩌면 더 촌스러워지거나 세련되어지거나 하면서.

10살 안경

나는 초등학교 6학년 때부터 안경을 썼다. 공부도 열심히 하지 않았고, 그렇다고 TV를 열심히 보는 학생도 아니었는데 내 눈은 매년 점점 더 나빠졌다. 나빠지는 시력만큼 안경을 맞추는 가격이 올라갔기에, 나는 치과보다 안과와 안경집에 가는 걸 더 두려워했다. 그래서 안 보여도 보인다고 거짓말을 하기 위해 신체검사를 하기 전 시력 판을 외우기도 했다.

그렇게 안경을 바꾸는 것을 두려워한 탓에 20여 년간 안경을 쓰면서도 내 손을 지나친 안경테 수는 한 손에 꼽았다. 거기다 대학생이 되어서는 제대로(?) 멋을 부려 보자 마음먹고 렌

즈를 낀 덕분에 안경을 쓸 일은 점점 더 줄었고, 자연히 새 안경을 살 일도 없었다.

결혼을 하고 나름의 멋 부림이 조금 줄어들고 나서야 나는 서랍에 넣어둔 안경을 다시 끼기 시작했고, 그렇게 공유하고 싶지 않았던 안경 낀 모습도 남편에게 자유롭게 보이게 됐다. 그러나 아무리 허물없는 사이가 됐다고 할지언정 촌스러움이 묻어나는, 10여 년도 더 된 안경을 끼고 남편과 계속 마주하고 싶지는 않았다. 그래서 시력도 제대로 맞출 겸, 안경을 바꿔야겠다는 생각이 들었다.

남편은 그 이야기를 듣더니 자신에게 놀고 있는 안경테가 여러 개 있다며 사용해 보는 게 어떻겠냐고 제안했다. 그리고는 대답하기도 전에 주섬주섬 안경을 꺼내 댔다.

나는 라식 수술을 했는데도 가지고 있는 안경이 왜 그렇게 많은지 남편에게 물었다. 남편은 하나는 라식 수술 후 시력을 보호하기 위한 보안경이고, 나머지는 패션용이라고 말했다. 출장이나 중요한 발표가 있을 때 냉철해 보이기 위한 것 하나, 여름에 시원하게 보이기 위한 것 하나, 그리고 마지막 하나는 겨울에 따뜻한 사람처럼 보이기 위해 구매했다나.

세심한 사람이니 얼마나 고심해서 안경테를 골랐을지, 안 봤지만 훤히 보였다. 그러니 품질을 의심할 필요는 없었다. 더불어 더 이상 사용하지 않을 안경이지만 의미 있게 줄여 나가기 위해 내게 주고 싶다고 했으니 거절할 이유도 없었다. 테 값을 굳힐 수 있겠다는 생각도 들었다. 나는 흔쾌히 남편의 안경을 받았고, 여러 번 돌려써 보면서 가장 잘 어울리는 것을 골랐다.

그 이후 남편은 다른 안경 중 하나만 남기고 아름다운가게에 기증했다. 하나를 남긴 이유는 시력이 나빠지거나 나이가 더 들어 노안이 오는 등 어떤 이유로든 언젠가는 쓸 것 같기 때문이라고 했다. 남편의 손을 거쳐 내게 온 10살의 안경 하나와 언젠가 남편에게 다시 씌워질 동갑의 안경 하나가 침실과 옷방을 누비고 있다.

그 외 몇 가지

어느 책에서 무슨 일을 진행하기 위한 첫 시작이 감정적 동화일 필요는 없다는 말을 읽은 적이 있다. 경기장에서 축구나 야구 등을 볼 때 파도타기가 저 멀리서 시작되면 내 차례에서 나도 저절로 참여하게 되듯이, 딱히 내가 하고 싶어서는 아니었지만 하다 보니까 의미를 찾고 즐거워져 먼저 하게 되는 시작도 있다고 말이다.

이제 와 생각해 보니 미니멀 라이프와 제로 웨이스트를 시작했기 때문에 물건의 의미가 생긴 건지, 의미를 찾다 보니 라이프 스타일에 가까워진 건지 애매한 것들도 있다. 내 스타일이 아님에도 7년이나 건재한 양말과 동전을 넣지 않아도 쓰임을 다하는 6년 된 동전 지갑처럼. 시작이 무엇이었든 의미를 찾고 즐거워서 내 라이프 스타일에 득이 된다면 복잡할 필요가 있을까 생각해 본다. 투박하고 느리지만 그래서 내게 익숙하고 유용한 물건들이 나랑 같이 나이를 먹어 간다.

손때가 묻어나는 물건들이 점점 더 많아졌으면 좋겠다. 촌스러워도 내 마음에 위안을 주는 따뜻한 물건들이 하나둘 늘어나는 걸 자랑스럽게 알리는 사람이 되었으면 좋겠다. 그러니 다소 헤져도 나를 편히 만드는 반짝이는 나만의 물건을 찾아 나서겠다.

DRESSING ROOM

옷방의 제로 웨이스트 아이템

옷방에는 이름에 걸맞게 옷장만 놓여 있다. 한때 옷장 맞은편에 6개의 칸이 있는 수납장이 있었으나, 미니멀 라이프를 꾸준히 실천하면서 옷의 개수가 줄다 보니 옷과 함께 비워졌고, 최종적으로는 이런 모습이 됐다.

의류 업사이클링

1. 청바지 앞치마

불편해서 손이 안 가는 청바지를 어떻게 해야 할까 고민했다. 청바지 한 벌을 만들기 위해 사용되는 물이 7,000L라고 해서 쉽게 버릴 수가 없었기 때문이다. 결국 실용성을 고려해 '래;코드 박스 아뜰리에' 디자이너분에게 의뢰해서 앞치마로 업사이클링했다. 못 입게 된 청바지를 업사이클링할 것이라 예고했더니 남편도 자신의 것을 얹어 줬다. 덕분에 남편 것까지 여러 벌의 앞치마가 생겼다. 숫자 1이 붙은 것은 남편의 바지 한 벌을 모두 사용해 만든 원피스형 앞치마이고, 숫자 2가 붙은 것은 내 바지 한 벌을 앞/뒤판으로 나눠 2개를 만든 하프형 앞치마다. 세상에 존재하는 개수가 몇 개인지에 맞춰 숫자표가 붙는데, 그래서 못 입는 청바지로 만든 이 앞치마가 특별한 우리만의 소지품이 되었다.

Plus. 래;코드 박스 아뜰리에

실력 있는 제봉사분들이 1대1 상담을 통해 원하는 모양으로 옷을 수선해 준다. (물론 간단한 기장 조정과 품 조정 등 기본적인 수선도 가능하다.) 리폼하고는 싶은데 딱히 떠오르는 게 없다면 셔츠, 바지를 가방이나 앞치마 등으로 바꾸는 5개의 가이드 상품이 있으니 사이트를 참고해도 좋다. 수선을 통한 수익금은 바느질 관련 강사가 될 수 있도록 싱글맘을 지원하는 사회 공헌 활동비로도 쓰이므로 더욱 값지다.

더 자세히 알고
싶다면 여기로 →

의류 업사이클링

2. 티셔츠

겉은 멀쩡한데 변덕으로 질려 버린 옷이
나, 입고는 싶은데 불편함이 생긴 옷은
기장 수선 같은 비교적 간단한 리폼을 통
해 다시 입는다. 편해서 손이 잘 갔으나
내 행동거지를 제한하던 하얀색의 원피
스를 위와 같이 티셔츠로 바꾼 것처럼 말
이다.

3. 행주

이염 등의 이유로 고쳐 입을 수도, 판매
하거나 기증할 수도 없는 옷은 조각내서
행주로 한 번 더 사용하고 처분한다. 집
에는 화장실을 제외하고 휴지가 없는데,
일상생활에서 휴지 대신 사용하고 있는
소창 수건으로 이물을 닦으면 세탁이 필
수인지라, 귀찮을 때는 못 쓰는 옷으로
만든 이 행주를 물티슈처럼 쏙쏙 뽑아 쓴
다. 그렇지만 이 행주 역시 모아서 손빨
래를 하며 몇 번은 더 사용한다. 덕분에
집에는 옷 행주가 꽤 많다.

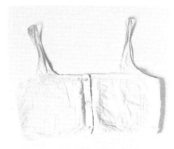

2. 순면 조끼 브라

친환경 소재를 사용한 속옷을 찾다가 소창
행주로 익숙한 브랜드 '에코송이'에서 순면
브라를 만드는 걸 보고 구매를 결정했다.
이름처럼 조끼를 입듯 착용하는 형태라서
입고 벗는 게 수월하고, 헤지더라도 와이어
나 어깨 끈 조절 스트랩이 없으니 여러모로
제로 웨이스트와 일맥상통한다. 와이어 브
라가 싫고, 브라렛도 귀찮은데 노브라까지
는 아직 자신이 없는 분들께 추천한다.

3. 면 생리대 라이너

심리적 장벽 때문에 아직도 모두 천으로 바
꾸지는 못했고 생분해된다는 브랜드의 것
을 사용하고 있다. 다만, 사용하는 데 있어
비교적 심리적 장벽이 낮은 라이너는 면으
로 바꾼 지 몇 년 됐다.
한 명의 여성이 한평생 사용하게 되는 생리
대 개수는 평균 1만 2,000개 정도이며, 일
회용 생리대 쓰레기 배출량은 20억 개, 생
리대 생산을 위해 훼손되는 자연의 크기는
840만 m²라고 한다. 안전의 문제, 환경의
문제에서 자유로워질 수 있는 생리대 대안
제품으로 라이너 사용을 추천한다.

1. 소프넛

세탁을 위해 천 주머니에 소프넛을 넣고
5~6회 정도 사용한다. 섬유 유연제 역할도
하므로 복잡한 과정이나 용량 등을 생각하
지 않아도 된다. 여러 차례 사용하고 나면
껍질이 얇아지고 겉에 있던 점성이 줄어드
는데, 이것들을 별도로 모아 한두 번 더 뜨
거운 물에 끓여서 애벌 설거지할 때 주방에
서 사용하기도 한다. (하지만 사용에 관한
찬반이 나뉘고 있어 고민인 제품이기도 하
다. 때문에 구매시에는 다양한 후기를 접하
며 구매에 신중을 기했으면 좋겠다.)

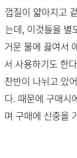

슬기로운 집을 소개합니다 :
부부만의 제로 웨이스트 생활 백서

4. 자연을 생각하는 양말

보통 양말은 마트에서 3개 천 원, 이런 식으로 저렴하게 묶어 판매하는 것을 구입해 왔다. 굳이 비싼 것을 살 필요가 없었다. 패션에 그다지 관심 없는 내게 양말은 그냥 천에 불과했으므로. 겨울엔 겨울 대로 운동화를 신으면 양말이 잘 보이지 않고, 여름엔 여름대로 맨발로 샌들을 신거나, 페이크 삭스를 신으면서 양말이 잘 안 보여서 더욱 그랬다. 그러다가 제로 웨이스트를 하게 되면서 잘 드러나지 않더라도 환경친화적인 소재로 만든 것을 입고 쓰자는 생각에 양말은 작년부터 자연과 동물의 소중함을 이야기하는 브랜드의 것을 구매하여 신고 있다. 무엇보다 3년 이상 농약과 살충제를 사용하지 않고 유전자 조작을 하지 않으며 생태계 복원이나 환경에 피해를 최소화하려고 노력한다는 점이 인상 깊었다. 가격은 저렴하지 않지만 가치 소비 차원에서 기꺼이 금액을 지불하고 있다.

5. 친환경 운동화 LAR

2020년 여름, 주야장천 신던 하나뿐인 운동화가 헤져 바꿀 때가 되었다. 제로 웨이스트를 한창 하고 있을 때니 소재가 친환경인 운동화를 찾기 시작했는데, 발이 쉽게 피곤해지는 스타일이라 이왕이면 가벼운 것이 더 좋겠다 싶었다. 친환경, 가벼움, 이 두 가지 키워드로 발견한 운동화의 브랜드는 LAR. 페패트병, 코르크 나무 껍질, 천연 라텍스로 운동화를 만들고, 포장 박스나 더스트 백도 리사이클 소재를 사용했다. 1년 전에 샀던 신발의 착화감은 생각보다 좋지 않아서 발이 고생했는데, 새로 나온 니트형은 훨씬 부드러워 새 신을 신고도 발에 상처가 나지 않았다. 친환경 비율을 매년 늘려 현재는 99%가 친환경 소재라고 하니 더 만족스럽다. (폐기 시 아웃솔을 분리 후 본사로 보내면 생분해 가능한 매립지로 직접 전달한다 하니 후처리도 의미 있다.)

4

5

Dressing Room

빈티지 예찬론

초라하지 않은 빈티지

미니멀 라이프를 지향해도 옷은 참
다양한 이유로 늘었다. 꽃놀이 가야
해서, 무채색 옷만 입으면 칙칙해 보
여서, 애매한 날씨에 결혼식이 잡혀
서 등. 심지어 결혼하고 나서는 '산소
에 가야 하니까'라는 이유로까지 옷
을 구매한 적도 있다. 산소에서는 어
른들을 만나 뵐 테니 깔끔한 모습이

어야 하되, 노동하기에도 편한 복장
이 필요했기 때문이었다.

돌이켜 보면 우습지만, 당시에는 나
름 절박함과 필요에 의해 이유들이
생겨났다. 당연히 그에 따라 일관되
지 않고 취향 파악이 불가능한 옷들
도 금세 늘어났다. 초조해서 성급히
산 옷들은 그만큼 빠르게 질렸고, 구
매 당시 생각했던 조건의 상황이 아

니라면 착용하기도 애매했으며, 가성비를 따지며 들인 옷들은 몇 번 입지 않았는데도 금방 헤졌다.

그런 옷들이더라도 '그래도 돈 주고 산 것'이라 본전이 생각나기 마련이었고 꾸역꾸역 일상복과 잠옷으로 돌려 입으며 제값을 다하도록 노력했다. 그러다 보니 어느새 서랍에는 입어야 할 옷 절반 이상이 외출복이 아닌 일상복이 자리하게 됐다. 보풀이 잔뜩 일어난 바지와 목이 늘어난 티셔츠, 밥을 먹고 간식까지 챙겨도 아무도 알아채지 못할 만큼 꺼벙한 핏의 옷들이 잔뜩 쌓였다. 후줄근한 일상복이 매일 바꿔 입어도 색다르게 입을 수 있을 만큼 놓여서 나의 선택을 기다리고 있었다. 다만 양과 질은 반비례하여 어떤 옷들은 집 앞 마트조차 입고 나갈 수 없을 만큼 행색이 초라했다.

그런 모습으로 일상을 보내던 어느 날, 거울을 보다가 꾀죄죄하게 있는 내 모습을 갑자기 의식하게 됐다. 자세가 흐트러져 있었고, 손으로 움켜쥘 수 있을 만큼 허리에 군살도 붙어 있었다. 그뿐만이 아니라, 세탁을 끝내 뽀송한 옷인데도 불구하고 여러 군데에 지워지지 않는 얼룩이 남아 있어서 쿰쿰한 냄새가 나는 것만 같았다. 찬찬히 내 모습을 살펴보다가 거울 속의 나와 눈이 마주쳤는데, 뭔가 멋쩍어 눈을 돌려버렸다. 집안을 깔끔하게 유지하고 소중한 것으로 둘러싸여 있겠다는 라이프 스타일을 실천하면서 정작 그 라이프의 주체자인 나는 방관하고 있었구나 하는 깨달음에 민망함이 몰려왔다.

거울을 보며 그 자리에서 다짐했다. 순간을 모면하기 위해서가 아니라 정말 마음이 동해서 들이게 되는 옷을 찾자고. 초라하게 만드는 옷에 집착하지 말고, 제로 웨이스트와 결을 같이 할 수 있도록 의류 구입에 대한 생각을 근본적으로 개선해 보자고. 더불어 한두 푼의 돈에 연연하며 온라인으로 저렴한 것을 들이기보다는 손이 잘 가는데 망가져서 아쉬운 옷은 고쳐서 입어 보기로 말이다.

옷도 플라스틱이다

음료병처럼 겉모습부터 나 플라스틱이요, 하지 않기 때문인지 옷 소재에 대해서는 사람들이 깊게 생각하지 않는 것 같다. 외관이 멀쩡하면 다른 제품들보다 비교적 중고로도 잘 거래되고 기증도 쉬워서, 플라스틱이라는 것을 인식하더라도 구매나 폐기 과정에서 느끼는 죄책감이 적은 것도 같다. 사실 내가 그랬다. 그래서 의류의 제로 웨이스트를 위해 천이, 옷이 결코 환경친화적인 소재만 있는 것을 아님을 의식하려고 노력한다. 그리고 이 순간 내가 할 수 있는 것들을 찾아본다.

ㄱ. 구매 줄이기

마구잡이식 구매를 줄이기로 했다. 쇼핑과 관련된 가입 사이트는 모두 탈퇴하고 즐겨찾기 항목에서 삭제해 버렸다. 쇼핑 탭도 없어서 우연이라도 지름신이 내려올 만한 상황 자체를 차단해 버렸다. 안 보이니 구매욕이 사그라들었다. 에너지와 시간, 실물의 쓰레기까지 버려지는 자원을 모두 아끼고 줄일 수 있게 됐다.

ㄴ. 고쳐 입기

더불어 손이 잘 가는 옷이었는데 체형의 변화로 약간의 불편함이 생긴 옷들은 고쳐 입기 시작했다. 롱 원피스가 미디 기장의 원피스로, 다시 반팔로. 필요에 의해 모양이 달라졌다. 옷의 기능도 외출복이었다가 편안한 잠옷이 되는 등 다양하게 변주됐다. 헤지거나 사이즈가 맞지 않게 된 청바지는 앞치마로 리폼했고, 진짜 버려야겠다 싶어진 옷은 조각을 내 행주로 한 번 더 사용했다. 시작부터 끝까지 천이 할 수 있는 기능은 모조리

뽑아 먹겠다는 심산으로 고민했고, 방법을 찾으면 실천했다.

ㄷ. n번째 주인 되기

물론 옷이 필요할 때도 있었으므로 비우기만 한 것은 아니다. 다만 이전과는 쇼핑하는 방법이 달라졌다. 옷을 들여야 하는 상황이 생기면 이젠 인터넷 검색창을 켜는 게 아니라 지역 마켓 어플에 먼저 접속한다. 택배 쓰레기를 줄이고 배송에서 생기는 탄소 발자국을 줄이겠다는 신념으로 말이다. 어플에서 마땅한 의류를 찾을 수 없을 때는 동네의 아름다운가게에 들러 보기도 한다. 상태 좋은 옷을 실물로 확인하고 저렴하게 구입하기엔 그곳 만한 데가 없기 때문이다. 그곳에서 제품을 구입하면 소외 계층의 학습비로도 지원된다고 하니 마음까지 따뜻해지는 소비를 할 수 있다. 덕분에 내가 가진 신발과 옷 중에 내가 n번째 주인인 것들이 꽤 있다.

물론 매번 내가 필요로 하는 것이 타이밍 맞춰 나타나는 것은 아니다. 만약 위와 같은 방법과 절차를 동원했는데도 필요하다고 생각했던 옷을 발견하지 못한다면 나도 모르는 욕심이 발동했던 것은 아닐까, 내 마음을 살펴보며 조금 더 참아본다. 생각

해 보면 충분히 T.P.O를 맞출 만한 옷이 집에 있다는 걸 깨달으면서.

ㄹ. 다른 사람들과 공유하기

손이 잘 안가는데 중고로 판매하기는 아깝고 괜찮은 브랜드의 옷이나 가방이 있다면 옷을 공유하는 시스템이나 프로그램을 이용하면서 옷의 수명을 연장해도 좋을 것 같다. 현재 나는 '클로젯 셰어'라는 사이트에 가입해서 원피스 한 벌과 가방 한 개를 맡겨두고 있다. 무난한 스타일의 원피스와 봄의 분위기가 가득한 가방을 맡겼더니 계절을 타기는 하지만, 날이 좋을 때 대여자가 간혹 있어서 내게 쌓이는 적립금이 꽤 쏠쏠하다. 옷장에 묵혀 뒀다면 내내 제대로 입지 못하고 있다는 심리적 부담으로 작용했을지도 모르는데, 여러 사람들에 의해 다양한 공간을 누비게 됐으니 옷 입장에서도 기분 좋은 일일지도.

Plus. 클로젯 셰어

의류 공유 사이트. 클로젯 셰어를 이용한 이유는 공유 가능한 옷을 깐깐한 기준으로 받는 게 마음에 들었기 때문이다. 공유하기 위해 내놓은 옷을 누군가가 찾아야 서로에게 이득이기 때문에 받는 의류 브랜드가 명확히 정해져 있고, 옷의 상태가 좋아 보인다고 해도 주관성은 배제된다. 옷 상태나 브랜드에 따라 보증금도 책정되는데, 분실 등의 이유로 피해가 생기면 내게 돌아올 보상금을 명확히 제시하는 것도 매력적이었다. 더불어 맡긴 옷을 다시 돌려받고 싶다면 요청해서 회수할 수도 있고, 그게 아니라면 대리 판매를 요청할 수도 있어 여러모로 알뜰하게 옷을 쓸 수 있다.

더 자세히 알고
싶다면 여기로 →

Dressing Room

쓸모 있는 이별

정장 기증하기

앞서 이야기했던 것처럼 주로 한철
만 입을 수 있는 저품질의 옷을 사 입
던 나와는 달리 남편은 하나를 사더
라도 제대로 된 것을 사자는 주의의
사람이다. 사 온 옷을 관리하는 것도
철저하다. 주름에 꽤 예민해서 외출
하고 돌아오면 바로 분무기로 물을
뿌려 정돈하고, 빨래 널기도 손으로

모든 옷의 각을 맞추고 면을 빳빳히
펴 줘야 마친다. 덕분에 다리미가 없
어도 남편의 옷은 주름 없이 늘 깔끔
하다.

남편은 색이 옅어지니 웬만하면 안
빨아 입는 게 좋다는 청바지도 입었
다 하면 일주일에 한 번은 꼬박 세탁
을 해야 안심을 하는 사람이기도 하
다. 그래서인지 남편이 갖고 있는 옷

슬기로운 집을 소개합니다 :
부부만의 제로 웨이스트 생활 백서

들은 근처에 가도 냄새가 나지 않고, 근 10년이 넘어가도 상당히 깨끗한 상태인 것들이 많다.

그런 남편에게 멀쩡하나 더 이상 입을 일 없는 오래된 정장이 있었다. 필요가 없으니 비우기로 했고 기증처를 찾기 시작했다. 옷을 기증할 때 쉽게 떠올리게 되는 아름다운가게가 첫 번째 후보지로 떠올랐지만, 곧 정장은 기증 품목이 아니란 걸 알게 됐다. 그래서 꼭 기증을 해야만 의미 있는 비움은 아닌 것 같았던 나는 남편에게 중고 판매를 권유했다. 그러나 무슨 일인지 거래는 싫다기에 정보를 더 찾게 됐고, 정장류만 기증받는 비영리 단체 '열린옷장'을 알게 됐다. 열린옷장은 면접이나 결혼식을 앞둔 사람들을 위해 정장을 기증할 수 있는 곳이었다. 홈페이지를 통해 신청서를 작성하면 되므로 기증 절차가 간단했다. 다만, 온라인으로 신청하면 배송 기사님이 와서 내가 포장한 짐을 바로 수거해 가는 게 아니라, 열린옷장에서 보내 주는 기증 상자를 기다려야 했다. 우리는 마음먹은 것을 빨리 행동으로 옮기는 걸 좋아해서 방문 기증을 하기로 했다.

나는 겨울 정장 코트를 내놓았고, 남편은 본인이 면접을 봤을 때 입었던 정장 세트를 내놓으며 대여자가 합격의 기운을 받길 바란다는 기증자 편지도 작성했다. 길지 않지만 자신의 과거를 되뇌며 글을 써 내려가다 보니 스스로 느낀, 가슴 뭉클한 어떤 감동이 남편에게 있었던 모양이다. 덕분에 열린 옷장을 나오면서 의미 있게 비울 수 있도록 도와줘서 고맙단 얘기를 들을 수 있었다.

Plus. 열린옷장

기증받은 정장은 상태와 스타일에 따라 대여 가능, 세탁, 수선, 활용 불가로 나뉜다. 기증한 옷이 열린옷장에서 활용이 불가능한 상태라면 재사용을 위해 취약 계층을 돕는 비영리 단체와 사회적 기업에 재기증 된다. (아쉽게도 기증한 남편의 정장은 너무 옛 스타일이라서 옷캔으로 보내졌고, 그래서 대여자가 작성한 후기 편지는 받아볼 수 없게 됐다는 슬픈 이야기를 덧붙인다.)

공간을 둘러보며 직원분께 들은 이야기를 조금 더 추가하자면, 정장도 정장이지만 여성 구두가 많이 필요하다고 한다. 무늬 없고 장식 없는, 너무 닳지 않은 검은색 구두가 있다면 기증을 고려해 주시길 바라본다. 더불어 열린옷장은 청년 뿐 아니라 자녀의 결혼을 앞둔 혼주분들도 많이 찾는다고 한다. 너무 올드한 스타일이 아니라면 깔끔한 아버지들의 정장도 기증이 가능하다.

더 자세히 알고 싶다면 여기로 →

의류를 포함한 직물은 'H&M'

멀쩡한데 안 입는 옷이야 중고 판매하여 약간의 수익을 얻거나 의류 기증 단체에 기부하여 연말정산 혜택을 받으면 된다. 하지만 얼룩이 묻거나, 늘어나거나 유행이 지나버린, 그러나 버리기 애매한 옷은 뭘 하기에 난감하다. 단지 버리면 된다고 생각했으나, 가끔 이렇게 막 버려도 되는 건가 싶기도 하다. 그러한 고민을 줄여줄, 헌옷을 기증받는 브랜드가 있으니, 바로 글로벌 브랜드 'H&M'! 의류 브랜드로서는 오래전부터 의류 수거를 진행한 H&M. 수거한 의류는 상태에 따라 분류되어 재사용된다. 해당 브랜드의 옷이 아니어도 괜찮다. 직물의 무언가를 비우고 싶을 때 H&M 매장으로 가면 된다. 모든 매장에 의류 수거함이 구비되어 있다고 명시되어 있으니 너무 불안해하지 않아도 된다. 기증을 하고 나면 H&M에서 사용 가능한 할인 쿠폰도 받을 수 있다. 해당 브랜드를 선호하는 사람이라면 쏠쏠하게 사용 가능하다.

Plus.

지속가능성을 추구하는 H&M의 정책을 둘러볼 수 있는 곳.

더 자세히 알고 싶다면 여기로 →

Plus. 그 외

옷캔

수거 의류 기준이 비교적 까다롭지 않은 곳이다. 심하게 오염된 것이 아니라면 세탁하지 않고 보내도 괜찮다. 솜과 충전재가 없는 이불이나 담요도 받고, 수건도 기증받으니 집에 처치 곤란한 행사용 수건이 많다면 기증해도 좋다. 더불어 의류 기증 시 한 박스당 1만 원의 기부금이 발생한다.

굿윌스토어

방문 기증과 택배 기증 모두 가능하다. 다른 곳과 다른 점이라면 기증한 물건 분류, 가격표 붙이기 및 진열 등의 과정에 장애 근로인들이 참여하며, 판매 수익금을 그들에게 지급하고 있다는 것이다. 열린옷장처럼 정장도 기증 가능하고, 우산류, 국내외 CD 및 식품도 기증받으니 다양하게 의미 있는 비움이 가능하다.

슬기로운 집을 소개합니다 :
부부만의 제로 웨이스트 생활 백서

PART 3

슬기로운 삶을 확장합니다 : 집 밖에서의 제로 웨이스트

제로 웨이스트를 지향점으로 둔 우리의 일상은 집 밖에서도 같다. 타인들의 협조가 필요한 식당, 회사, 여행지 등에서의 제로 웨이스트. 이런 일상을 공유하는 사람이 많아질수록 느끼는 희로애락의 폭도 커진다.

미니멀 라이프와 제로 웨이스트를
받아들이고 나서부터 입는 옷의 스
타일이나 색이 단조로워졌다. 그에
반해 가방 안의 소품은 다양해져서
양과 무게가 늘었다. 외출했을 때

쓰레기를 만들지 않기 위해서는 준
비물이 꽤 필요하기 때문이다. 나와
남편이 일상에서 들고 다니는 가방
과 소품들을 소개한다.

What's in our bag?

제로 웨이스트 실천을 위한
외출 준비

아내 '슬'의 면 가방

남편이 출장 갔다가 어디선가 받아온 가방을 4년째 사용 중이다. 제품 구성 태그를 보니 이 가방은 리사이클 코튼 97%와 리사이클 폴리에스테르 3%가 혼합되어 있다고 한다. 나는 소지품은 하나만 주야장천 사용하는 편이라서 그때부터 무슨 목적으로 외출을 하든 이 가방을 들고 다녔고, 덕분에 사용한 지 3년이지날 즈음부터는 급격히 닳기 시작해서 밑면에 작은 구멍까지 났다. 구멍의 크기가 거슬리지 않고 워낙 가방이 손에 익고 편해서 지금도 빈티지라 우기며 잘들고 다닌다.

What's in our bag?

Lip balm

Hankie

종이 케이스 립밤

잘 찾아보면 소소한 소지품에서도 제로 웨이스트가 가능하다. 종이 케이스에 든 이 모나쥬 립밤처럼 말이다. 자연스러운 장미색이 발색되어 화장을 하지 않는 내게 생기를 불러일으킨다는 것도 케이스가 종이인 것과 더불어 선택에 큰 영향을 미쳤다. 더불어 이 브랜드의 립밤에는 숨은 매력 포인트가 하나 있는데, 바로 뚜껑에 씨앗이 들어있어서 끝까지 사용하기 전에 잃어버려도 땅 어딘가에서 생명이 자라나는 데 도움을 준다는 것. 비록 수동형이라서 쓰려면 손가락을 케이스 밑에 넣어 꾹 밀어 올려야 하고, 사용 후엔 케이스를 바닥에 통통 쳐서 내용물을 내려야 한다는 번거로움이 있지만, 쓰레기를 덜 발생시킨다고 생각하면서 기꺼이 사용하고 있다.

손수건

엄마에게 선물 받아 출처가 불분명한, 1n 살이 된 손수건. 특별할 것 없는 일반 손수건이지만 활용도가 높아 늘 가방에 지니고 다닌다. 제로 웨이스트를 시작하는 분들에게 제일 추천하는 아이템이 손수건이기도 할 만큼 정말 쓸모가 많다.

업사이클링 카드 지갑

세컨드비 자투리 가죽 카드 지갑. 2019년도 H 백화점 에코 페어에서 진행하는 무료 클래스에 참여했다가 만들게 됐다. 세컨드비는 자전거 부속품을 업사이클링하는 브랜드인데, 당시 에코 페어에서는 남는 자투리 가죽으로 카드 지갑을 만드는 부스를 운영했다. 온라인으로도 키트를 판매했던 모양이지만 현재는 중단된 상태다. 지갑을 여닫는 것도 귀찮은 내게 손에 감기는 크기의 카드 지갑은 없어서는 안될 필수품!

손수건 대용 소창 수건

원래는 엄마에게 선물 받은 꽃무늬 손수건 하나만 들고 다녔다. 그런데 어느 날 쏟아진 음료를 닦고 나서, 다른 날에는 기름진 음식을 담는 '용기내'로 손수건을 사용하면서, 천이 젖거나 오염이 되면 필요할 때 바로 다시 사용하기 힘들다는 것을 깨달았다. 그래서 자연스럽게 챙겨 다니는 손수건이 하나 더 늘었다. 새로 산 것은 아니고, 집에서 휴지 대용으로 사용하는 소창 수건들 중 하나인데, 일반 손수건의 1/3만한 크기에 부피도 얼마 되지 않아서 들고 다니는 데 부담이 없다.

텀블러

다른 소지품과 비교한다면 텀블러는 매번 가방에 넣고 다니는 물품은 아니다. 부피와 무게 때문에 가방에 넣으면 체력이 금방 소진되어, 굳이 음료를 마실 것 같지 않은 근거리 외출 시에는 빼놓고 다닌다. 다만, 예전에는 아령 텀블러를 사용했었는데, 최근 그것보다 가벼운 텀블러를 선물 받으면서 챙기는 빈도가 조금 더 늘었다.

장바구니와 비닐 봉투

예상하지 못한 식자재나 물건을 구입할 때를 대비해 넣고 다닌다. 더불어 장 보려고 마음을 먹고 외출했더라도 낱개의 과일이나 채소를 구입할 때 꼭 비닐에 넣어 주시려는 분들이 계셔서 장바구니 외에도 비닐 봉투를 한 개 더 넣고 다닌다. 비닐 봉투는 장볼 때가 아니라면 길을 오가다가 갑자기 꽂힌 쓰레기를 담는 플로깅용으로 사용할 때도 있다.

남편 '기'의 업사이클링 가방

업사이클링 패션 브랜드인 래;코드의 가방. 소재는 라벨이 없어 정확히 모르겠으나(현재 단종되어 확인 불가) 방수천을 재활용해 날씨에 크게 제한 받지 않고 가볍기까지 해서 출근할 때나 외출할 때 자주 들고 다닌다.

슬기로운 삶을 확장합니다 :
집 밖에서의 제로 웨이스트

What's in our bag?

이니스프리 손수건

2019년도에 내가 사은품으로 받았던 손수
건이다. 사실 40대 남성에게는 톡톡 튀는
느낌이라서 건넸을 때 남편이 사용을 조금
주저했다. 그렇지만 손수건이 이미 있는데
도 새로 사는 것은 낭비라는 생각에 적극
적으로 남편 손에 쥐어 줬다. 지금은 퇴근
후 손빨래도 스스로 하고, 식당에서도 턱
턱 꺼낼 만큼 잘 사용한다. 남편은 무채색,
특히 블랙 의류를 선호하는 터라 나름 포
인트 소품이 되는 것 같다.

종이 케이스 립밤

립밤은 나와 같은 브랜드의 제품을 사용하
고 있다. 내 것과 다른 점은 남편의 것은 무
색이라는 것인데, 멀티 제품이라서 입술 외
에도 건조한 피부 어디든 사용할 수 있는
장점이 있다. 그래서인지 닳는 속도가 나보
다 훨씬 빠르다.

업사이클링 지갑

선물 받은 폐타이어의 튜브 지갑. 남편이
자동차 회사에 다녀서인지 직접 구매를 하
지 않더라도 관련 소재로 업사이클링한 브
랜드의 물건을 많이 사용하게 된다. 동료
직원의 선물이었는데 내부엔 남편 이름 이
니셜이 새겨진 세상에 하나뿐인 지갑이다.
크기가 꽤 커서 카드 수납공간이 넉넉한
장점이 있지만 가볍지는 않은데, 오히려 남
편은 그게 마음에 든다면서 아주 잘 들고
다닌다. 잘 긁히지 않는 소재라서 분실하
지 않는 이상 영원히 사용할 것만 같다.

슬기로운 삶을 확장합니다 :
집 밖에서의 제로 웨이스트

빨대는 빼 주세요

Straw :

나는 외출을 많이 선호하지 않는 집순이지만, 직장 생활을 할 때는 당연히 집 밖에서 보내는 시간이 더 많았다. 그래서 집 안에서가 아니라 집 밖에서 할 수 있는 가장 쉬운 제로 웨이스트 실천 방법은 어떤 것이 있을까 궁리했다. 우선 사무실 외에 자주 가는 장소가 어디인지부터 곰곰이 생각했다. 출퇴근을 하는 평일이나 남편과 데이트를 하는 주말 중 하루는 커피를 꼭 마시고 있으니 카페가 최다 방문지 같았다. 그다음에는 카페에서 사용하는 일회용품은 무엇이 있나 따져 보니 빨대와 컵 홀더가 가장 먼저 생각났고, 이것들을 거절하는 것이 가장 쉬울 것 같다는 결론을 내렸다.

집에 있는 종이테이프에 "빨대는 안 주셔도 괜찮습니다." 하고 크게 써서 자른 뒤 신용 카드에 붙였다. 이와 유사한 문구의 스티커가 한때 온라인에서 펀딩됐고, 실제로도 여러 제로 웨이스트 숍에서 스티커를 판매하거나 무료 배포하는 것을 알고 있어서 벤치마킹한 아이디어다.

말로 거절해도 되는데 굳이 종이테이프까지 붙인 이유는 실수하지 않고 더 효과적으로 빨대를 거절할 수 있는 추가적인 방법이 '글'이라고 생각했기 때문이었다. 빨대를 거절해 보겠다는 다짐은 이번이 처음은 아니었는데, 그동안 종종 말할 타이밍을 놓쳤고, 용기 내어 빨대를 빼 달라고 말해도 종업원이 몇 번씩 되물어 보거나 요청이 반영되지 않는 경우가 많았기 때문에 고심한 방법이었다. 글자마다 마음을 담아 직접 요청 사항을 썼더니 고작 테이프 한 줄을 붙였을 뿐인데 추진력에 날개를 단 것처럼 갑자기 마음이 든든해졌다.

테이프를 붙인 카드를 사용할 기회를 호시탐탐 엿봤다. 하지만 문구를 보이겠다고 갑작스레 카페를 들릴 순 없었기에, 어쩌다 보니 카페가 아닌 일반 마트에서 먼저 카드를 꺼내게 됐다. 마트에서 빨대를 주는 일은 없으니 민망함에 일부러 카드를 반대편으로 돌려 내밀었다. 직원분은 결제를 위해 카드의 방향을 이리저리 돌리다가 우연히 글귀를 발견하고 잠시 뜸을 들였다. 읽어 내려간 문구가 생경하셨는지 직원분은 결제 전 카드와 우리 얼굴을 여러 번 번갈아 쳐다봤다.

그 후에도 몇 번 빵집이나 음식점에서도 유사한 상황을 겪었다. 심지어 좋은 행동이라며 주려던 봉투를 다시 넣거나 영수증도 안 받는지 되물어 보는 분들도 있었다. 이런 식이라면 카페에서도 말하지 않고도 무난히 의사 표현을 할 수 있을 것 같았다. 기대감이 점점 높아졌다.

마침내 우리 부부가 아지트처럼 이용하는 카페에 들리는 날이 왔다. 사실 그 카페는 예전부터 여러 번 빨대를 빼 달라고 요청해 왔던 곳이었다. 직원분들은 매번 너무도 친절하게 알겠다고 대답해 주었지만, 우리는 아쉽게도 늘 빨대가 꽂힌 음료를 받았다. 그래서 보라고 요청하지 않아도 많은 상점에서 눈여겨보는 이 문구가 우리의 단골 카페에서는 어떤 효과가 있을지 궁금했다. 다른 곳에서와는 다르게 이번엔 글씨가 잘 보이도록 카드를 내밀었다. 직원분이 메시지에 눈길을 주시길래 조금 흥분됐다. 하지만 여지없이 이번에도 빨대는 음료에 꽂혀 나왔다. 분명히 글을 읽은 것 같았는데 왜 요청이 거절당한 걸까. 첫 시도의 실패가 아쉬워서 원인을 분석했다.

1. 항상 음료에 빨대를 꽂아 제공하다 보니 요청 사항을 인지했으나 순간 깜빡 잊었다.

2. 요청하는 바가 이 카페에 해당될 것이라고는 생각하지 못했다.

3. 바빠서 요청이 번거롭고 귀찮았다.

4. 사실은 카드를 본 것이지 글을 읽은 것은 아니다.

슬기로운 삶을 확장합니다 :
집 밖에서의 제로 웨이스트

원인에 따라 대처를 달리해야 할 것 같아서 남편과 보완 방법에 대해 이야기하기 시작했다. 사실 빨대 거절은 빨대를 사용하는 아이스 음료를 안 마시면 되는 간단한 문제이긴 하다. 극단적으로는 카페를 안 가면 되고! 그래서 따뜻한 음료를 마시거나 되도록 커피를 마시지 않으려고 노력했던 때도 있었다. 하지만 아이스 전용 음료도 많고, 내 취향과 욕구를 꾸역꾸역 참아가면서까지 그러고 싶지는 않았다. 그리하여 고민 끝에 나름의 분석 결과를 내보았다.

1. 항상 음료에 빨대를 꽂아 제공하다 보니 요청 사항을 인지했으나 순간 깜빡 잊었다.
→ 음료 제조할 때 내내 지켜볼 것이 아닌 이상 어쩔 수 없다.

2. 요청하는 바가 이 카페에 해당될 것이라고는 생각하지 못했다.
→ 주어를 추가한다. ex) 카페 사장님, 빨대는 빼 주세요.
→ 문장을 변경한다. ex) 저는 카페에서 빨대를 사용하지 않습니다.

3. 바빠서 요청이 번거롭고 귀찮았다.
→ 한가할 때 요청한다.
→ 텀블러에는 보통 빨대를 안 꽂아 주시므로 음료를 텀블러에 받는다.

4. 사실은 카드를 본 것이지 글을 읽은 것은 아니다.
→ 계산할 때 육성으로도 빨대 제외를 요청한다.
→ 글이 잘 읽히도록 글자를 더 크게 써 본다.

하지만 이렇게 상세히 분석하고 논의를 한들 모두 우리 추측에 불과하므로, 결국 결제한 직원분이 한가할 때 직접 여쭤보기로 했다. 갑작스러운 인터뷰에도 흔쾌히 답변해 주셨던 그분께 이 지면을 빌어 감사의 인사를 드린다. 그분의 답변은 다음과 같았다.

1. 카드에 쓰인 문장은 주어가 없어도, 별도로 설명하지 않아도 본인에게 (카페에서 주문을 할 때) 요청하는 내용임을 인지할 수 있었다.

2. 다만 음료 제조를 파트너가 하면서 메시지 전달에 누락이 있었다.

3. 왜냐하면 바빠서 정신이 없었기 때문이다.

4. 그러므로 내용 전달에 있어 문장이 전달하는 바가 불명확한 것은 아니다.

결론: 요청 사항을 본의 아니게 못 들어주게 되어 미안하다.

우리의 추측이 크게 빗나가지는 않았다. 다만 함께 제조를 하는 파트너가 있을 것이라고는 생각하지 못해 그 변수에 대해서는 조금 놀랐다. 더불어 내용이 전달하는 바가 명확하더라도 직원이 여러 명 있다면 불필요한 절차를 추가하여 업무를 번거롭게 만들 수 있겠다는 생각이 들었다. 때문에 그런 상황에서는 글에만 의지할 것이 아니라 육성으로도 정확한 의사 표현을 해야 할 것 같았다. 물론 여러 번 생각해도 따뜻한 음료를 주문하는 게 서로 귀찮지 않은 방법 같지만.

또다시 찾아온 주말. 쓸쓸했던 첫 시도를 뒤로하고 <빨대 거절 프로젝트> 2차 도전을 위해 동일한 카페에 다시 들렀다. 이전 방문 때와는 다른 분이 혼자 계셨는데 카드를 건네자 문구를 읽어 보시더니 먼저 "빨대는 빼 드릴까요?" 하고 물어보셨다. 노력에 의미가 더해졌다 싶어서 마음 속으로 환호성을 질렀고, 뭔가 우리의 시도에 대해 카페 내부에서 공유가 있었던 것 같다며 착각 섞인 흥분도 이어졌다. 그런데……. 그런데!!! 빨대가 또 음료에 꽂혀서 나왔다.

남편과 내 눈이 커져서 동공이 흔들리기 시작했다. 직원분은 우리의 당황한 눈을 보고는 에이드는 저어서 마셔야 하기 때문에 어쩔 수 없이 빨대를 꽂았다고 말씀하셨다. 순간 주문할 때 카운터에서 먼저 얘기해 주셨다면 어땠을까 싶었다. 우리를 위한 배려였음에도 안타까움과 서운함이 일었다. 이럴 때를 대비해서 늘 긴 스푼도 가지고 다니고 테이블에 다소곳이 꺼내 놓기까지

했는데, 정말 많이 아쉬웠다. 우리는 포기하지 않고 다음에 또 시도해 보자고 의지를 다졌다. 그리고 끝내 3차 도전에서는 "빨대 빼 주세요!"라고 추가로 강력히 요청하면서 음료만 받을 수 있었다. 묵은 체증이 내려가는 것 같았다. 어쩔 수 없다. 빨대가 디폴트 값인 카페에서 빨대를 받지 않기 위해서는 앞으로 내 음성도 추가해야 할 것 같다. 타이밍만 놓치지 않는다면 '말하기'가 정말 쉬운 플라스틱 거절 방법이다. 별거 아니지만, 별거 아니니까 누구나 쉽게 할 수 있는 집 밖에서의 제로 웨이스트 실천 방법이 되었으면 좋겠다.

미니멀과 친환경 그사이의 여행

Travel :

4박 6일의 파리 여행

2019년 7월, 여름 휴가 일정을 체크하며 신혼여행 이후 첫 해외여행을 계획했다. 패션의 도시 파리로 떠난다니 짐을 대차게 꾸려 볼까 싶었다. 그러다가 문득, 결혼하고 우리의 라이프 스타일이 된 '미니멀과 친환경'을 여행에 접목해 보면 어떨까 하는 생각이 들었다.

바우처 출력은 에코 폰트로

우리는 자유 여행을 하기로 했다. 하지만 낯선 곳을 인터넷에서 찾은 정보에만 의지해서 다니기엔 불안해서 현지 투어 프로그램을 몇 개 신청했다. 일정 확정 안내 메일에 바우처가 같이 전달되어 출력하기로 했다. 우리는 영수증 대용의 바우처나 숙소 확정 메일 등은 출력해서 지니고 다니는 게 편하고 안심이 되는 아날로그 인간이기 때문이다.

그런데 종이를 써야 한다는 생각에 출력이 최선일까 고민되기 시작했다. 프린트는 환경에 어떤 영향을 주는지 새삼 궁금해졌다. 검색해 보니 종이의 남용도 문제지만 프린터기의 잉크도 환경 오염의 원인 중 하나라는 사실을

슬기로운 삶을 확장합니다 :
집 밖에서의 제로 웨이스트

알게 됐다. 출력을 안 하는 게 최선인 듯 보였다.

하지만 말도 잘 통하지 않는 타국에서의 돌발 상황이 두려웠다. 그래서 인쇄는 하되 잉크의 사용을 줄일 수 있는 글꼴, 에코 폰트를 이용해 보기로 했다. 에코 폰트는 글자에 구멍이 뚫려 있어 잉크를 최대 35%까지 절약할 수 있다고 했다. 구멍이 뚫려서인지 확실히 인쇄물을 출력하면 글자가 흐리다는 느낌이 든다. 에코 폰트를 사용한 업무 보고서를 들고 온다면 잉크 교체하라는 얘기를 들을 수 있을 것 같을 만큼. 하지만 우리가 필요로 한 것은 단순히 일정 체크를 위한 문서였으므로 크게 문제되지 않았다.

에코 폰트로 출력한 바우처를 바라보며 문득 학교에서 학생들에게 과제를 낼 때 에코 폰트를 사용해 보라고 제안한다면 얼마나 의미 있을까 하는 생각이 들었다. 그 학생들이 이 폰트가 익숙해진 채 사회에 나간다면 일상에서 자원을 절약할 수 있는 방법들을 스스로 실천할 수 있을 테니 말이다. 물론 불필요한 출력부터 줄이는 게 우선되어야겠지만.

(※특별히 이 내용에는 에코 폰트를 활용해 봤다.)

짐 꾸리기

4박 6일 일정의 여행이다 보니 사실 그리 많은 짐을 챙길 필요는 없었다. 마음 같아서는 여행이니까 꼬까옷을 사 입고 인생 사진을 왕창 남겨서 매달 메신저와 카톡 프로필 사진을 바꾸며 즐거움을 만끽하고 싶었지만, 보통 그런 사유로 충동구매 하면 옷을 몇 번 입지 못한 채 비운 경우가 많았다는 걸 기억했다. 그래서 이번에는 옷은 최소한으로만 가져가기로 했다. 잘 때, 공항에서, 현지에서 입을 옷 각 한 벌씩 총 세 벌, 이렇게만 말이다.

원래는 원피스를 한 벌만 가져가서 단벌 신사로 지내보려 했었다. 정 찝찝하면 현지에서 상황에 맞게 사면되지 않을까 하는 생각으로. 하지만 그런 구매는 미니멀도 친환경도 아니므로 의미가 없고, 내내 불편한 의상을 신경 쓰다가는 여행에 불쾌함만 남을 것 같아서 계획을 변경했다. 미니멀과 친환경은 불편함을 감수하는 라이프 스타일이지만, 불편과 불쾌는 구분되어야 한다고 생각했기 때문이다. 그렇게 여행 가서 지니고 다닐 천 가방 한 개 외에 기내용 캐리어를 하나만 챙겨 떠나게 됐다.

옷 외의 짐 살펴보기

여행의 콘셉트는 소지품의 양을 줄이는 미니멀과 환경친화적인 제로 웨이스트의 결합이었다. 두 가지를 모두 충족할 수 있다면 좋겠지만, 친환경 콘셉트가 워낙 존재감이 커서 물건을 극으로 줄이는 데는 한계가 있었다. 우리가 영역을 나눠 챙겨 갔던 짐은 대략 이러하다.

ㄱ. 미니멀 용품

① **고체 치약**: 기내 반입이 가능하며 개수를 맞춰 가면 돌아올 땐 빈손일 수 있다.

② **샘플 화장품**: 화장품은 대부분 쌓아 뒀던 샘플을 쓰기로 했다. 버려지는 포장재가 아쉽지만 미니멀 역시도 여행을 위해 선택한 콘셉트 중 하나이므로, 멀쩡한 화장품을 폐기하는 것보다 사용하는 게 더 낫다는 마음으로 기꺼이 챙겼다.

③ **샌들 한 켤레**: 6일을 함께 할 신발로 패드가 푹신한 샌들 한 켤레만 넣었다. (남편은 해외 출장 일정을 마치고 합류하는 것이어서 신발이 두 켤레였다.)

④ **올인원 비누**: 샴푸, 바디 워시, 폼 클렌징 기능이 모두 합쳐진 올인원 비누는 성분과 포장을 따졌을 때 친환경 용품이지만, 짐을 줄이는 데 혁혁한 공을 세웠으므로 미니멀 용품으로 구분했다. 비누는 습기에 취약하므로 눅눅함을 방지하기 위해 종이에 한 겹 싸고 눌리지 않도록 집에 있는 통에 넣었다.

ㄴ. 친환경 용품

① **대나무 칫솔**: 제로 웨이스트를 실천하며 부담 없이 바꾼 칫솔은 당연히 포함될 아이템이다.

② **손수건**: 대나무 칫솔처럼 손수건은 이유를 따질 필요 없이 무조건 챙기는 아이템 중 하나다.

③ **손잡이가 긴 스테인리스 스푼**: 빨대 대용으로 챙겼다. 내가 다회용 빨대를 사용하는 이유는 음용보다도 시럽이 있는 음료를 휘휘 저어서 마시

기 위해서인데, 단지 젓기 위한 용도라면 굳이 꼭 빨대여야 할 필요가 없기 때문이다. 스푼은 빨대보다 세척도 더 용이하고 길거리 음식을 먹게 된다면 스푼 대용으로도 사용할 수 있으니 챙겼다.

④ 담요: 담요는 비행기를 타면 제공되지만, 단 몇 시간을 위해 비닐 포장지가 버려지는 게 아쉬워 가져갔다. 담요 챙기기는 제로 웨이스트를 실천하는 블로그의 이웃님 글을 보고 아이디어를 얻었다. 나름 신박하다고 생각했는데, 의외로 추위를 많이 타는 많은 사람들이 기내용 개인 담요를 챙긴다고 했다. 파란 스프라이트 무늬가 청량감 가득해 피크닉 돗자리 같기도 하여 휴식을 취할 때 그런 용도로도 써 볼 생각이었다.

⑤ 개인 컵: 텀블러는 무거워서 빼고 대신 종이컵 사이즈의 피크닉용 컵을 2개 준비했다. 기내에서 종이컵에 나눠 주는 음료를 개인 컵에 요청해 보고도 싶었다. 그 외에도 꿈꾼 파리에서의 로망 하나를 이뤄 보기 위해 챙겼다.

미니멀 & 친환경 여행의 결말

잠옷을 빼면 2벌로 여행지에서 4일, 비행기에서의 시간까지 포함하면 6일을 보냈다. 바지를 챙기면 윗옷도 챙겨야 하기에 원피스로만 구성했고, 매일마다 한 벌씩 원피스를 번갈아 입으며 지냈다. 결론적으론 원피스만 챙긴 것이 현지에 있는 내내 옷을 추가로 구매해야 할지 고민하게 만들었고, 여행을 힘들게 한 가장 큰 요인이 됐다.

여행지는 미리 알아본 것보다 일교차가 심해서 원피스 하나로는 컨디션 조절이 힘들었다. 더불어 흰색 원피스는 오염이 될까 봐 입고는 아무 데나 편히 앉을 수 없었고, 식사를 할 때도 음식을 흘릴까 봐 계속 신경 써야 했다. 정말이지 너무 불편했다.

덕분에 여행지에서는 편한 옷차림이 맛있는 음식보다 중요하다는 걸 깨닫고 왔다. 그렇게 힘들었는데도 왜 옷을 구매하지 않았는지 묻는다면, 개인적으로 여행지에서의 시간을 쇼핑으로 쓰기 너무 아까웠기 때문이라고 대답하겠다. 남편은 컨디션 난조의 상태로 관광을 하다가 돌아와서 며칠 앓은 나를 보곤 파리에서 쇼핑을 안 한다는 것은, 더군다나 세일 기간이었는데 그렇게 버텄다는 것은 어리석은 행동이었다며 잔소리를 했다.

굳이 잔소리와 타박이 없었더라도 스스로도 그 점을 절절히 느낀 시간들이었다. 그래서 다음에 이동 시간이 길거나 많이 걸어야 하는 여행지로 떠나게 된다면 편하게 입을 레깅스나 바지를 더 준비하겠다고 다짐했다.

더불어 짐을 미니멀하게 꾸린 여행을 계획하는데 옷을 얼마나 챙겨야 할지 고민되는 사람이 있다면 현지 날씨 상황과 여행지에서의 본인 컨디션에 맞춰 구입하는 것이 더 현명한 방법일 수도 있겠다는 개인적인 생각을 덧붙인다.

챙긴 피크닉용 컵 2개는 여러 용도로 쏠쏠하게 잘 사용하고 왔다. 비록 승무원분들께 "물 여기에 주세요!"하고 외치려던 본래의 목적은 이루지 못했지만, 비행기 화장실의 작은 세면대에서 물을 받아 양치하고 입을 헹구기에는 아주 좋았다.

또한 피크닉용 컵은 숙소로 잡은 호텔에서 미리 준비한 일회용 컵 대신으로도 사용할 수 있었다. 남편은 준비된 커피를 피크닉용 컵에 타 먹기도 했는데 (왜인지 유리잔이 없었다.) 내가 지향하는 바를 따라서 라이프 스타일에 동참해 보겠다고 스스로 고민하고 실행하는 모습을 파리에서 보니 어색하면서도 고마웠다.

마지막으로 컵은 파리에 가서 이뤄 보고 싶던 로망 중 하나였던 '에펠탑 앞에서 와인 마시기'에서도 제 역할을 톡톡히 했다. 파란색 스트라이프 무늬의 담요를 매트 삼아 깔고 노란 피크닉 컵을 와인잔 삼았는데, 분위기에 취해서인지 저렴한 와인으로도 행복한 시간을 보낼 수 있었다.

피크닉용 컵만큼 손수건도 활용도가 높았다. 손수건 본연의 역할은 물론, 해가 강한 파리에서 얼굴과 머리를 가려 열을 내리는 용도로도 자주 사용했고, 그 외에도 마트에 갔다가 포장 없이 낱개로 팔고 있던 납작 복숭아를 담는 장바구니처럼도 활용했다.

아쉽게도 길거리 음식이 많지 않은 파리에서 스푼을 쓸 일은 없었다. 그러나 스푼과 관련한 에피소드는 하나 만들어 왔다. 아침을 먹으러 들어간 카페에서 커피와 함께 일회용 스푼이 나왔는데, 딱히 쓸 일이 없던 내가 카페를 나오면서 이거 안 쓴 건데 버려지면 아까워서, 하고 돌려주자 "와우 멋지다, 고마워!" 하던 종업원과의 일화가 나름 뿌듯한 기억으로 남았다.

슬기로운 삶을 확장합니다 :
집 밖에서의 제로 웨이스트

이처럼 대부분의 시간을 가져간 물건을 적재적소에 활용하며 의도한 콘셉트대로 여행을 했다. 하지만 몇 군데 식당을 제외하면 물은 무조건 사 먹어야 했기에, 의도하지 않았지만 쓰레기가 생기기도 했다. 어쩔 수 없이 물은 여행 기간 내내 페트병에 든 걸 마셔야 했다. 돌아와서야 브리타 정수기가 핸디형이 있다는 것을 알았는데 먼저 알게 됐다면 해당 물품을 준비했을 텐데, 여러모로 아쉽다.

결론적으로 여행을 떠날 때와 돌아올 때 우리의 짐의 양은 차이가 거의 없었다. 오히려 느낌상으로는 작아진 올인원 비누와 줄어든 고체 치약 개수 덕분에 짐이 줄어든 것 같았다. 기내에서 읽으려고 책을 가져갔고 가족과 지인들에게 줄 여행 선물들을 구매 후 짐을 부쳤는데도 가방의 무게는 13kg에 불과했다. 짐이 적다 보니 집에 와서도 짐 정리가 수 분 내로 끝나기도 했다. 정말 간결한 여행이었다.

2박 3일의 강원도 여행

파리에서 화려한 막을 내리고 국내에서도 '미친 여행'(미니멀과 친환경 여행)을 서너 차례 시도했다. 산보다는 바다를 선호하기 때문에 여름 휴가를 맞아 우리가 떠난 여행지는 주로 강원도였는데, 국내에서는 파리에서와 달리 조금 더 편한 마음으로 자차 여행이 가능해서 물건의 양에 제한받는 경우가 크게 줄었다. 그래서 미니멀보다는 제로 웨이스트에 친화적인 여행을 더 많이 시도했다.

여행을 떠날 때마다 미처 생각하지 못했던 부분을 깨닫고 돌아와 다음 여행에 적용해 보면서 미친 여행의 콘셉트는 매년 진화했다. 거기다 2020년부터는 우리가 비건을 지향하기 시작하면서 여행의 양상이 많이 달라졌다. 아직까지는 비건 옵션 메뉴를 판매하는 음식점이 여행지에 많지 않아서 식자재까지 직접 준비해 가기 시작했기 때문이다

가장 마지막에 했던, 우리의 거의 모든 라이프 스타일을 접목했던 여행이 떠오른다. 자영업자가 되면 당분간은 자유롭게 휴가를 떠날 수 없겠다는 생각이 들어 숍을 열기 전, 강원도로 급하게 떠났다가 돌아온 2박 3일이.

짐 꾸리기

ㄱ. 미니멀 용품

① **올인원 비누**: 1박 여행을 할 경우 샤워는 물로만 해도 크게 문제없어서 샴푸 바만 챙기고, 2박 이상 머무를 경우에는 올인원 비누를 챙긴다.

② **옷**: 옷은 여전히 짐 꾸릴 때 가장 어려운 항목이다. 하지만 파리에서의 교훈이 커서 무조건 바지를 챙기고 잠옷 외에도 여벌을 더 넣어 간다. 옷 챙길 때 또 달라진 점은 이전보다 경험을 더 중요히 생각하게 되면서 형형색색의 옷이 아닌 무채색의 단벌 신사로도 여행지를 즐겁게 누빈다는 것.

③ **신발**: 한국의 휴가 특성상 늘 여름에 여행을 떠나게 되면서 신발은 샌들 한 켤레만 챙긴다. 이때 신었던 것은 파리에서 신었던 것과 동일한 샌들인데, 만 2년을 신으니 헤져서 올해 처분했다.

ㄴ. 친환경 용품

① **대나무 칫솔과 튜브 치약**: 파리 여행을 할 때는 고체 치약을 챙겼고 국내 여행에서도 몇 번 들고 갔으나, 무슨 일인지 사용할수록 입안이 자꾸 헐어서 이번 여행에서는 튜브 치약을 챙겼다. 튜브 치약은 보통 소재가 플라스틱이기 마련인데, 보다 재활용률이 높은 알루미늄으로 만든 치약도 많으니 고체 치약이 불편한 분들은 참고해도 좋을 것 같다.

② **손수건 여러 장**: 개인이 쓸 용도로 손수건을 두 장 챙기고, 또 한 장은 샴푸 바가 젖어 가방에 넣기 꺼려질 때 감쌀 용도로 챙겼다.

③ **수저 세트**: 쓰레기 없는 여행을 멋지게 마치고 오자고 다짐했지만, 들어간 음식점에서 포장지에 싼 수저를 받아 출발하자마자 계획을 망쳤던 경험이 있다. 아쉬움을 달래고자 각자의 수저도 세트로 준비한다.

④ **브리타 정수기**: 파리 여행에서 페트병에 든 생수를 사 먹었던 것이 큰 아쉬움으로 자리 잡아 국내 여행에서는 늘 브리타 정수기를 들고 다닌다. 호텔에 묵게 되면 기본적으로 패트병에 든 물이 제공되지만 우리는 브리타를 이용한다.

⑤ **텀블러**: 음식점에서 다회용 컵 대신 종이컵을 제공하는 곳들이 많아지면서 국내 여행에서는 텀블러를 갖고 여행을 떠나게 됐다.

⑥ **큰 용기**: '용기내'를 해야 할 상황은 예고 없이 찾아오는 경우가 많아 넣었다.

⑦ **집게와 타이벡 가방**: 여건이 되는 한 여행지에서도 플로깅을 즐긴다. 이것 역시 자차 이용이 용이한 국내 여행이라서 더 적극적을 할 수 있는 제로 웨이스트 활동이다.

ㄷ. 비건 식자재 챙기기

비건 콘셉트가 접목된 여행은 이번을 포함해서 총 2번 시도해 봤다. 처음 여행했을 때는 그래도 여행인데 맛있는 음식은 필수가 아닐까 생각해서 '채식한끼'라는 사이트에서 반조리 된 음식들을 주문해 준비했다. 그러나 스티로폼과 아이스 팩이 포함된 포장 방식과 이를 처리할 때 마다 느껴야 하는 불편한 마음 때문에 최근에는 현지에서 음식을 직접 구입 후 만들어

먹기로 했다. 현지 농협을 가면 지역에서 생산된 식자재를 수확 장소나 농장주 등의 정보와 함께 제공하는데, 푸드 마일리지를 줄일 수 있는 방법이니 나름 제로 웨이스트와도 결이 맞다. 여행지에서 한 번쯤 시도해 볼만한 식자재 준비 방법이라 추천한다.

미니멀 & 친환경 여행의 결말

국내에서의 미친 여행은 라이프 스타일이 어느 정도 궤도에 올랐기 때문인지, 동네 마실 나가듯 크게 어려울 게 없었다. 여행을 처음 시도했던 파리에서의 4박이 워낙 큰 경험이 됐기 때문이기도 했다.

여전히 날씨의 영향이 큰 여행지에서는 옷차림이 변수로 작용하지만, 활동하기 편한 옷이라면 단벌 신사로 하는 여행도 제법 괜찮다는 결론에 도달했다. 핫 플레이스에서의 예쁜 사진은 포기해야 할지도 모르지만 사진에 얽매이지 않다 보니 멋진 추억을 더 많이 만들게 된다. 예전에 비해 스마트폰을 사용하기보다 눈으로 담는 풍경이 더 많아졌다고나 할까.

덕분에 잘 때를 제외하고, 3일간 여행지에서 찍은 사진 속 '나'는 모두 한날인 게 아닌지 헷갈릴 만큼 똑같은 모습이었다. 그렇지만 '이 때 내 옷이 이랬지.', 보다 '이거 정말 재미있었지.', '여기 정말 더웠는데!' 하며 나누는 얘기가 훨씬 많은 걸 보면 '옷'은 정말 몸을 가리거나 보호하기 위한 물건 딱 그 역할에 충실하면 되는 것 같다.

더불어 식당에서 밥을 먹을 때 물을 종이컵을 따르지 않기 위해서 가져간 텀블러 뚜껑을 열고, 식사 후에는 비치된 휴지 대신 손수건으로 입을 닦았다. 깜빡하고 텀블러를 놓고 식당에 들어가면 차에 다시 갔다 오거나 그것도 귀찮을 땐 밥그릇에 물을 따라 마셨다. 식사 중간에 물을 자주 마시면 별로 안 좋다는 핑계를 곁들여 밥을 모두 다 먹고 나서 말이다. 발우 공양하는 마음이었다면 이건 좀 거짓말 같으려나?

간식을 살 때는 차에 늘 지니고 다니는 반찬통을 꺼내 내밀었고, 겹겹이 포장에 둘러싸여 있는 것보다 하나로 묶인 벌크 용품을 찾기 위해 한참을 마트에 머무르기도 했다. 벌크 제품을 찾으면 남은 음식은 '용기내' 그릇에 담아오면 되니 짐이 극적으로 늘어나는 것도 아니다. 번거로워 보이지만 우린 이걸 아기자기함이라고 이야기할 만큼 오락처럼 받아들였다.

고기를 굽는 캠핑 대신 버섯과 완두콩이 올라간 캠핑도 즐겼다. 가져간 현미를 밥솥에 앉히고 집에서 시들어 가는 방울토마토를 챙겨 와 마트에서 산 다양한 채소와 버무린 뒤 어마어마한 양의 샐러드도 만들어 먹었다. 양껏 먹어 배가 불러도 속이 편한 식사 시간을 즐길 수 있었고, 기름진 식기를 설거지할 필요도 없었다. 정말 가뿐한 여행이었다.

아침 식사를 하고 난 뒤 바다에 가서 유리 조각과 플라스틱 음료 뚜껑을 몇 개 주워 쓰레기통에 버리기도 했다. 유리 조각은 닳고 닳아서 집게가 아닌 손으로 주워도 아무 문제가 없었다. 그 전에는 누군가의 발에 상처를 냈을 수도 있었을 조각들을 보면서 내가 머문 공간 한 평만큼이라도 늘 깨끗하게 만들어 보자고 다시 다짐하기도 했다.

그럼에도 불구하고 역시나 국내에서도 예상하지 못한 쓰레기들이 생겼다. 무심코 받은 영수증처럼 누군가는 쓰레기라고 생각하지도 않을 만한 작은 것들이 말이다. 의식하고 조심히 행동해도 나오는 쓰레기인데, 그렇지 않은 대다수의 날들엔 얼마나 많은 것들이 쉽게 버려질까, 가늠도 되지 않는다.

아쉬운 것들이 점차 나아지는 여행을 하고 싶다. 고민하고 생각하다 보면 언젠가는 쓰레기가 하나도 나오지 않지만, 불편함 역시 하나도 없는 여행이 가능해질지도 모른다. 그러니까 지금은 충분히 실수를 범하면서 노하우를 쌓아 가겠다.

봉투와 집게만 있으면
뭐든 주울 수 있어

Plogging :

스웨덴에서 처음 시작된 **플로깅(Plogging)**은 '이삭 줍다'라는 뜻을 가진 스웨덴어 'Plocka upp' 과 단어 '조깅(Jogging)'의 합성어로, 조깅하면서 쓰레기를 줍는 행동을 의미한다. 이러한 플로깅은 운동을 하면서 환경 보호까지 할 수 있어 MZ 세대를 주축으로 인기를 끌고 있는 활동인데, 우리나라에서는 다양한 이름으로 불린다. 우리말 '줍다'와 조깅을 합쳐 **'줍깅(줍-gging)'**으로 친숙하고 쉽게 표현하기도 하며, 산에서 하는 쓰레기 줍기는 **'클린산행'**, 바다에서의 쓰레기 줍기는 **'비치클린'**과 같이 장소에 따라 다르게 명명되기도 한다. 덧붙여 자전거를 타고 하는 것은 **'바이클린'**이라고 부른단다. 우리 부부는 생애 첫 플로깅을 여성환경연대에서 주최한 <플라스틱 줍줍> 행사를 통해 2019년 서울숲에서 처음 해봤다. 그 행사는 쓰레기 봉투와 집게를 참여자들에게 나눠 주고 정해진 코스를 자유롭게 돌며 쓰레기를 줍다가 지정된 곳에서 자음과 모음 한 자씩 도장을 찍어 '줍줍' 이라는 글자를 완성하면 끝나도록 기획되어 있었다. 우리가 도착했을 때는 이미 많은 참가자들이 서울숲을 돌고 있어서 과연 주울 만큼 쓰레기가 있을지, 무사히 미션을 완수할 수 있을지 걱정부터 앞섰던 기억이 난다.

하지만 그런 우려는 아주 잠시, 사탕 봉지부터 일회용컵, 빨대 등은 너무 흔

슬기로운 삶을 확장합니다 :
집 밖에서의 제로 웨이스트

해 굳이 눈에 불을 켜고 찾을 필요도 없었고, 심지어는 나무와 풀이 많은 공원에 라이터나 담배까지 발견해 '바른생활' 교과서의 효용성을 의심했다. 그렇게 쓰레기 투기에 아무렇지 않은 사람들이 많다는 데 받은 충격도 잠시, 싱그러운 공원을 누비다 보니 우리는 점점 플로깅보다 데이트하는 느낌으로 산책을 하게 됐는데, 그 때문인지 첫 플로깅은 미션을 끝냈다는 뿌듯한 느낌으로만 남았다. 미션 완수로 경품을 받은 것만 선별적으로 기억하다 보니, 플로깅이 '참여를 유도하는 특별한 이벤트가 있을 때나 할 수 있는 친환경 활동, 혹은 캠페인'처럼 각인된 것이다.

그렇게 내 일상과 플로깅의 접점이 점점 멀어지던 어느 날, 동네 마트에 가는 길에 손에 장갑을 끼고 봉투와 집게를 든 채 씩씩하게 뛰어오는 한 여성을 마주쳤다. 동네에서 플로깅을 하는 사람은 처음 봤지만, 그분이 무엇을 하고 있는지는 대번에 알아봤다.

열심히 뛰다가도 멈춰서 쓰레기를 담아가는 그 모습은 정말 건강해 보였다. 나의 몸과 지구의 터를 함께 닦는 모습이 감동스럽기까지 했다. 내가 사는 동네에서, 차가 쌩쌩 달리는 차도 옆 인도에서도 플로깅을 할 수 있는 거구나 하고 사고를 전환할 수도 있었다. 그녀처럼 나도 동네를 누비면서 건강한 에너지를 뿜어내 보고 싶었다.

하지만 그런 마음과는 다르게 대낮에 홀로 쓰레기를 주워 볼 자신감까지는 솟아나지 않았고, 한동안은 남편과 꼭 2인 1조로 밤 산책 겸 플로깅을 했다. 물에 벅벅 빨아도 헤지지 않는 타이벡 가방과 나무젓가락을 들고 말이다. 혼자보다 둘이라서 더 용감했지만, 괜히 쑥스러워서 서로에게 젓가락질을 넘기며 쭈뼛거렸던 동네에서의 플로깅이 떠오른다.

같은 과정을 몇 번 겪고 나서는 조금 대범해졌다. 남편이 없을 때 홀로 쓰레기를 주우러 나가기도 했고, 장비도 젓가락에서 스테인리스 집게로 업그레이드했다. 일반 쓰레기와 재활용 쓰레기를 한곳에 모으면 정리 과정이 번거롭다는 것을 알게 된 뒤로는 두 개 이상의 봉투를 챙기기도 했다. 길에서 캔이나 페트병을 많이 주운 날엔 깨끗하게 씻어 개당 십 원 단위의 포인트로 환산해주는 '네프론'이라는 기계에서 처리하기도 했다. 쓰레기가 자원이 된다는 생각에 플로깅이 노동보다는 오락처럼 느껴졌다. 길에 버려져 있는 재활용 쓰레기를 보면 가상 현실 게임처럼 금액이 눈앞에 둥둥 떠다녔다. 자원인데 왜 저걸 버리나 의아했고, (그래서는 안 됐지만) 그런 쓰레기가 많이 버려진 날엔 속으로 '득템!'이라고 크게 외치기도 했다.

그러다 한날은 그런 내게 반성하라는 듯 포인트를 떠올리며 가져온 캔에서 담배꽁초가 십수 개 나온 적이 있다. 신나서 캔을 들어올리다 졸지에 꽁초 폭격을 받게 된 나는 화장실에서 담배 냄새를 빼기 위해 고군분투하며 지구를 닦는 일에 더 순수성을 가지자고 마음도 환기시켰다.

매일 같은 코스로 플로깅을 하던 어느 날, 산이 가진 매력을 자연스럽게 서술한 산덕후의 책을 읽고는 등산이 하고 싶어졌다. 그리고 이왕이면 등산을 하면서 쓰레기를 줍는 것도 의미있겠다 싶었다. 책을 읽고 난 뒤 돌아온 바로 그 주 주말에 나는 남편에게 쓰레기를 줍기 위해 산으로 올라가 보는 건 어떻겠냐고 제안했다. 준비물은 늘 그러하듯 타이벡 가방과 여분의 봉투 한 장, 그리고 쓰레기 줍기용 집게가 전부였다.

건강하자고 오르는 산에서 몰염치하게 자연의 건강을 훼손하며 쓰레기를 버리는 사람이 있을까 싶었지만, 희망과는 다르게 쉼터마다 쓰레기가 많았다. 자연으로 되돌아갈 것이라 생각해서인지 흩뿌려진 달걀 껍질은 셀 수도 없었다. 흙에서 썩는다 한들 개인이 섭취하고 남은 쓰레기를 막 버리는 것은 무단 투기 아니던가.

절정은 담배꽁초였다. 개인의 기호를 위한 작은 불씨가 공동의 자원을 모두 태워버릴 수 있다는 것을 왜 생각 못 하는지, 한숨이 푹 나왔다. 사람들이 많이 오가지 않는 뒷산도 이러한데 누구나 찾는 명산은 어떤 상태일까 궁금했다. 내가 갈 수 있는 곳은 걷고 오르며 할 수 있는 만큼의 소소한 정화의 작업을 이어가고 싶어졌다.

그래서 장소를 불문하고, 상황을 불문하고 준비가 되어 있다면 플로깅을 시도해 보기로 했다. 바다로 떠나게 된 어느 여름의 휴가 때도 출발 전, 플로깅을 위한 도구를 챙겼다. 열심히 밥을 먹고 핫 플레이스를 들르고 늘어져서 쉬다가도 바다에서 산책을 할 때는 흩뿌려진 맥주 캔과 조각 난 유리를 주웠다. 바다도 산처럼 무법 지대였다. 쓰레기통이 불과 몇 미터 떨어지지 않았음에도 그 주변에 남겨진 폐기물들이 너무 많아서 분노가 차올랐다. 그리고 또 한편으로는, 다짐한 대로 이제는 장소와 시간에 상관없이 타이벡과 집게만 있으면 쓰레기를 처리하는 사람이 됐구나 싶어서 스스로 놀라기도 했다.

재미있는 이벤트가 생각나지 않아 뭐 할지 고민하던 작년 결혼기념일에는 자전거를 타며 플로깅을 해 보기도 했다. 산책할 때보다 더 먼 곳으로 쌩쌩 달릴 수 있어 새로운 풍경을 발견하는 재미가 있었다. 그 풍경을 훼손하는 쓰레기를 발견하면 멈추라는 수신호를 주고받은 뒤 갓길에 자전거를 대고 쓰레기를 주웠다. 자전거를 다시 타면 그 장소를 재빠르게 벗어날 수 있으니 '무심한듯 시크한' 서로의 모습이 더 멋지게 느껴지기도 했다. 제로 웨이스트를 시작하고 미처 몰랐던 우리의 모습을 발견하는 게 즐겁다.

존중받을 자유

Respect :

명확한 시점은 기억나지 않는다. 마트에서 포장된 제품을 보면 손이 주춤하고, 편의점에 가는 일이 줄었다. "점심은 포장해 올까?" 하곤 자연스레 유리 용기를 장바구니에 넣고, 비 오는 주말에는 모든 것이 귀찮아도 배달 음식은 끼니에서 제외하게 됐다. 가방이 무거워지고 장 보는 시간이 길어졌으며, 선택의 폭이 줄어 먹거나 살 수 있는 물건들이 제한됐다. 참 번거롭다. 그럼에도 반대의 상황들이 더 불편해서 그냥 오늘도 이런 하루를 기꺼이 감내한다.

꽤나 엄격하고 대단한 듯 얘기했지만, 나는 완벽한 제로 웨이스터가 아니다. 유혹은 늘 존재하며 예상치 못한 실수를 범할 때도 있다. 일회용 잔이 싫어서 커피를 안 마시겠다는 내게 텀블러를 갖고 다니라며 핀잔을 주는 사람도 있었다. (몰라서 안 갖고 다니겠나, 나도 그날은 가방이 가볍고 싶었나 보지.) 그래도 이런 생활을 지향한다고 열심히 공표한다. 자꾸 주변에서 나를 감시하도록. 사실은 아무도 내 생활에 관심 없겠지만, 보다 자기 검열을 엄격히 할 수 있는 빌미를 만들기 위해서.

대부분은 제로 웨이스트가 무엇인지, 내가 어떤 생활을 지향하고 있는지, 설명을 길게 하지 않아도 고개를 끄덕이며 수긍한다. 속내까진 모르겠지만 그래도 존중해 준다. 멋지다고 엄지척을 외치는 분들도 있다. 반대로 일상에서 이런 이유를 구구절절 설명해야 하는 상황도 간혹 있다. 피곤한 선택을 했다며 고생한다는 반응이 돌아오기도 한다. 오늘 내가 입고 온 바지를 보고는 "왜 청바지를 입었죠?" 하고 묻는 사람은 없는데, 주류가 아닌 라이프 스타일을 선택했더니 많은 질문을 받는다. 이런 질문들은 대화를 몇 마디 나누다 보면 때로는 순수한 물음이 아닌 비아냥의 의도가 담겨 있음을 파악하게 되기도 한다. 그런 상황에서 나는 유난을 떠는 사람이 되어 있어서, 열을 띄고 설명 아닌 해명을 하게 된다. 그리고 그게 또 유난이라는 누군가의 생각을 확신으로 바꾸는 것도 같다.

제로 웨이스트는 사실 나은 편이다. 미디어에서 쏟아지는 다큐, 광고, 법의 규제나 캠페인 덕분이다. 대형 마트에서 비닐을 쓰지 못하도록 법을 제정하고, 과포장에 대한 규제도 생기니까 처음엔 반발이 컸지만 세상이 망가지고 있다는 사실이 너무 명확해서인지 수긍하는 모양새다. 그런데 식습관은 아직까지 이해받기 어려운 문제인 것 같다. 작년 하반기부터 비건을 지향하기 시작한 내가 자꾸 거절하는 사람이 되고 있으며, 제로 웨이스트는 나 혼자 불편하면 그만이지만, 식습관은 자리를 같이하는 누군가에게 영향을 미치기 때문이다. 본의 아니게 자꾸 서로 눈치를 보는 분위기가 만들어진다.

휴무자가 많아서 사무실이 조용했던 어느 날의 일이다. 센터장님이 근무자가 몇 명 없는 걸 알고는 점심 식사를 제안했다. 마주칠 일도, 대화를 나눌 일도 극히 드물어 내가 어떤 식습관을 갖고 있는지 모르는 분이셨다. 나는 점심을 매일 집에서 챙겨오는 직원이었기 때문에 동료들은 같이 갈 수 있는 거냐고 물으며 나를 걱정했다. 이런 일이 생길 줄 몰랐다는 의미로 어깨를 한 번 으쓱했더니 한 분이 총대를 메 줬다. 슬 님은 비건이라 아무거나 먹을 수가 없어서요, 하고. 도시락을 이미 싸 왔으니 나를 빼고 편히 드시고 식사를 해도 된다고 나도 함께 상황을 설명했다.

센터장님은 이야기를 듣자마자 너무도 흔쾌히 "메뉴를 바꾸지 뭐!"하면서 이건 먹을 수 있었요? 저건요? 하고 나를 위해 많은 질문과 선택지를 주셨다. 결국 한식으로 메뉴가 바뀌었고, 식당으로 가는 내내 나는 불편한 마음으로 있었다. 고마웠어야 했을까, 나 하나 때문에 4명의 메뉴를 바꾼 상황, 난 그냥 그 상황이 좀 불편했다.

"건강 때문인가? 안타깝네, 먹는 재미도 인생의 큰 부분인데."
"외국에 있을 때 채식주의자들을 보긴 했는데, 저는 이렇게 엄격한 사람은 처음 봤어요."

그날 식사를 하기 전, 후에 들었던 여러 이야기들 중 일부다. 나는 잘못한 사람처럼 "하하. 그렇죠? 좀 피곤하게 살죠?" 하고 대답했다. 그들은 그 말을 부정하지 않았다.

지금 생각해 보면 참 바보 같다. 오늘은 짜장면 말고 짬뽕이요, 하는 것처럼 어떤 기호와 선택의 문제인데 스스로 존중받을 자유를 차 버린 느낌이 들었기 때문이다.

생각해 보니 이런 일도 있었다. 커피를 사러 가서 두유로 바꿔 주문하는 내게 누군가가 우유도 먹을 수 없는 것이냐고 물었다. 그렇다고 답하자, 역시 "이건요? 저건요?" 하며 궁금한 항목이 점점 늘어났다. 설명이 길어지는 듯해서 상황을 정리하기로 했다. "음, 얼굴이 있는 건 먹지 않는다고 생각하면 쉬울 것 같아요. 계란이나 우유처럼 얼굴이 없어도 동물에서 생산된 것이라면 그것도요." 하고. 그러자 상대방은 하하하 웃더니, "저는 미나리에게서도 얼굴이 보이는데요? 그럼 그것도 먹으면 안 되죠!" 했다. 나의 식습관이 조롱거리가 된 것 같았다.

소나 돼지를 먹지 않는 것이 환경과 무슨 관련이 있는지 묻던 친구도 있었다. 소가 분출하는 메탄가스 때문이냐는 물음을 던지면서. 나는 물론 그것도 맞지만 농장을 만들기 위해 벌목하는 산림이 너무 많고, 좁은 공간에서 많은 개체를 키우기 위해 항생제가 많이 투여되며, 배설물로 인한 토양과 해양 오염도 심각하기 때문이라고 대답했다. "아! 그렇구나. 오호!!" 친구는 경청했고, 큰 깨달음을 얻은 듯 고개를 끄덕였다. 그리고는 뒤돌아서 다른 사람들과 얘기했다. "아, 오늘 곱창 엄청 땡겨! 고?"

화가 났다. 저럴 거면 왜 물어보는 거지 싶어서. 받아들인 라이프 스타일이 정착하지 못한 초심자는 모든 반응에 예민했다. 대처 방법을 몰라 태도에 여

슬기로운 삶을 확장합니다 :
집 밖에서의 제로 웨이스트

유가 없었고, 그럼에도 모난 사람이 되기 싫어서 조용히 있거나 웃기만 했다. 생각해 보면 제로 웨이스트도 처음엔 그랬던 것 같다. 입 주변을 닦기 위해 티슈를 두 장씩 뽑아 쓰고 버리는 사람을 볼 때, 물 한 잔도 꼭 종이컵에 마시는 사람을 볼 때, 동네 마트에서 주는 비닐 봉투나 카페에서의 빨대를 너무 당연하게 받아 쓰는 사람들을 볼 때 등등. 한심하거나 화가 났다. 극에 달했을 땐 그런 사람들과 거리를 둬야겠다고 마음먹었던 적도 있다. 그때는 내가 저들보다 나은 사람이니 그들의 태도를 판단해도 된다 싶었던 것 같다. 그러니까, 우월감에 차 있었던 모양이다. 돌이켜 보면 얼마나 우스운 자만심인지. 그렇게 4년, 제로 웨이스트는 시작한 지 좀 되어서일까, 이제는 여유를 찾았다. 그냥 일상이 되어 설명할 것도, 강요할 것도 없는 고요한 내 습관이 됐다. 더 나은 내가 되기 위해 골몰할 뿐, 그렇지 않은 다른 사람을 타박하지 않는다.

그렇게 좌충우돌했던 초심자의 자세가 비건에서 다시 시작된 것이다. 내 설명을 듣고도 노력하지 않는 상대방이 이해되지 않았고, 나를 피곤한 사람으로 만드는 상황이 화가 났다. 며칠을 스트레스 받다가 남편에게 물었다.

"제로 웨이스트는 자연스러운데 비건은 왜 이런 거지? 당신도 밖에 있을 때 사람들이 이래? 이런 취급을 받아? 왜 존중하질 않는 거야?"

곰곰이 생각하던 남편은 자신의 이야기를 시작했다. 본인은 선언하지 않고 그냥 할 수 있는 걸 한다고. 음식은 뺄 것을 빼고 받아 와서 먹고, 티타임이 있을 땐 병 음료를 고르고, 얼음이 든 테이크아웃 잔은 거절하며, 케이크를 나눠 먹을 땐 개인 젓가락을 자리에서 가져와 사용한다고. 그러면 그럴 때마다 사람들이 자신을 물끄러미 쳐다보는데, 매번 그러니까 '쟤는 저런 애구나.' 한다고. 그러면 어느새 "기 님은 얼음잔 필요 없죠?" 하고 먼저 물어본다고. 선언하지 않았지만 그렇게 된다고. 그러니 본인이 선택하는 음식은 '그냥 저런 애가 선택한 음식'이 되는 것 같다고.

그러면서 덧붙였다. 작년과 올해 환경과 비건에 관한 사회적 인식이 많이 변한 걸 느끼지 않는지를, 우리도 이러한데 훨씬 더 이전부터 비건을 선택한 분들은 우리보다 더 많은 걸 느끼고 있지 않을지를, 그들은 더 큰 오해의 시선과 장애물을 헤쳐오지는 않았을지를. 그러니 사회는 앞으로 더 나아질 것이고 우리는 우리가 맞다고 생각하는 신념을 지켜나가서 '아, 얘는 이런 애'가 되면 되는 거라고.

서른 살 중반의 철부지, 찡찡이인 나는 이렇게 불혹을 넘긴 으-른 남편에게 마음을 단단히 할 용기를 얻는다. 내가 존중받길 바라는 것처럼 내 잣대로 남을 판단하지 말자고 다시 다짐하면서.

참나, 멋있는 건 다 본인이 하지.

공감해 주는 사람이 늘어난다

Empathy :

엄마 생신 때의 일이 생각난다. 식사 자리를 마련하기 위해 여러 메뉴들이 후보에 올랐다. 엄마를 위한 날이니 드시고 싶은 것을 직접 골라 주셨으면 좋겠다고 말했다. 한식, 중식, 일식 등 다양한 카테고리에 해당하는 식당을 뽑아 공유했다. 엄마는 크게 망설임 없이 갈빗집을 골랐다.

내가 비건을 지향한다는 것을 알고 계셨으나 정확히 어떤 생활 습관인지는 모르셨던 모양이다. 사실 딱히 기대도 안 했다. 그럴 이유도 없었다. 어차피 내가 주인공인 날도 아니었으니까. 당연히 내 식습관을 강요하고 싶지도 않았다. 때문에 당일 별말 없이 식당으로 향했다. 하지만 많은 메뉴를 제치고 냉면을 시키는 나에게 부모님께서 후식을 왜 벌써 시키냐고 묻기 시작하면서 상황이 불편해졌다.

"나 고기 안 먹는다고 얘기했잖아. 냉면도 식사야, 괜찮아⋯⋯."

몇 번이고 했던 설명을 또 해야 해서 나는 조금 지친 말투로 대꾸했다. 그러자 곧장, 그럴 거면 갈빗집이 싫다고 얘기하지 그랬냐는 질책과 잔소리 사이의 무엇이 돌아왔다. 억울했다. 나는 그저 상대방의 선택을 존중했을 뿐이고, 내 끼니를 스스로 챙겼을 뿐이었으니까. 냉면 자체도 비건식은 아니라서 나도 타협하면서 자리를 지키고 있었기 때문에 솔직히 마음먹는다면 내가 할 말이 더 많은 상황이었다.

강요하지 않는 일상인데도 종종 이런 상황을 겪고 실랑이 아닌 실랑이를 반복한다. 축하를 위해 모인 좋은 날인데 고작 내가 선택한 메뉴 때문에 이래야 하나 싶었다. 찰나의 정적이 이어졌고, 서로가 서로의 상황을 민망해했다. 분위기 맞추겠다고 고기를 굽고 있던 남편에게도 남모를 미안함이 들었다. 그 어색함을 소스를 붓지 않은 양배추 샐러드를 한 가득 가져온 직원분이 깨 줬다.

"들어 보니까 고기 안 드신다 하길래요. 이거 더 드세요!"

고봉밥보다 더 많이 쌓인 양배추 더미가 전해졌다. 비주얼에 실소가 터졌다. 웃으며 감사의 인사를 전하는 사이 직원분이 덧붙였다. "소스에도 안 드시는 재료가 들어갔을까 봐 뺐는데 필요하면 말씀하세요." 하고.

와, 어떻게 그런 부분까지 생각해 줄 수 있을까, 진짜 눈물이 날 것 같았다. 고깃집에서 고기를 먹지 않는다는 나에게 가족보다 먼저 해 준 공감이었기 때문이다. 샐러드 그릇을 본 부모님도 웃더니 멋쩍은 듯 그제야 식사를 시작하셨다.

식사를 마치고는 생일 케이크를 나눠 먹기 위해 집으로 갔다. 케이크는 내가 담당했는데 일부러 비건 베이커리에서 주문한 것을 준비했다. 밥집에서는 내가 일보 후퇴했으니, 내가 준비하는 케이크는 내 취향을 조금 담고 싶었다. 알고 보면 이런 음식도 비건으로 먹을 수 있고, 충분히 맛도 있다는 걸 느끼게 해 드리고 싶어서 짠 계획이었다. 별로라고 한다면 이제 가족 앞에서는 환경친화적인 생활이나 비건 같은 이야기를 줄이고, 불편함을 주고받지 않겠다는 배려와 약간의 비뚤어진 마음을 함께 담아서.

일부러 사전 정보를 흘리지 않고 케이크를 나눠 드렸다. 한입씩 드시고는 괜찮다며 어느 곳의 케이크인지를 궁금해하는 피드백이 하나둘 오기 시작했다. 들뜬 나는 이거 사실 비건 케이크인데 생각보다도 맛있지 않냐고 물었다. 징하다 싶은 표정이었으나 단것을 안 좋아하시는 할머니도 맛있다는 말씀을 연이어 하시면서 한 조각을 다 드셨을 만큼 반응이 호의적이었다. 케이크를 좋아하는 집은 아니라서 작은 홀 케이크를 주문했는데 '더 큰 걸로 준비할 걸 그랬나.' 하는 생각이 들 정도로 정말 금방 동났다.

그 이후 혼자서 짜 본 제로 웨이스트 로드를 따라 엄마와 비건 식당이나 텀블러 지참이 필수인 비건 카페를 가 봤다. 돈까스 대신 쌀까스를 먹었고, 제로 웨이스트 물건들은 무엇이 있는지 둘러보면서 커피도 마셨다.

그다음부터 엄마 집 냉장고에는 우유가 아닌 두유가 놓이게 됐다. 우리가 방문하면 계란말이는 꼬박꼬박 해 주시지만 고기는 더 이상 볼 수 없고, 두부와 애호박 요리가 식탁에 오른다. 뜬금없이 비건 음료가 출시됐다는 어느 카페의 포스터를 사진 찍어 내게 보내고, 궁금한 게 생기면 먼저 그런 생활에 대해 물어보시기도 한다.

단순히 가족들만이 이런 내 생활에 동참해 주거나 지지해 주는 것은 아니다. 유난이라고 생각하지 않고 아무렇지 않게 내 일상을 함께해 주는 사람들이 더 있다. 지인의 집에 놀러간 날, 도토리 무침이 한가득 내 앞에 놓였다. 염려의 말보다 어떤 계기로 이런 라이프를 시작했는지를, 그런 자료들을 공유해 달라는 이야기와 함께 한 식사였다. 다른 곳에서는 두부면으로 만든 파스타가 메인 메뉴로 나왔고, 모두가 아이스크림을 후식으로 먹을 때 내 앞에는 과일 주스가 놓였다.

꼭 자리를 함께하지 않더라도 여러 정보를 주고받는 경우들도 있다. 먹어 보니 괜찮더라, 하면서 특정 식당과 메뉴의 후기 상세히 알려 주거나 특정 지역에 가 볼 만한 식당 혹은 제로 웨이스트 숍이 있는지를 묻기도 한다.

이건 나만의 경험은 아닌데, 남편은 초대받은 결혼식에서, 주인공들의 배려로 자기 자리 위에 V표식이 놓여 있어 베지테리언식을 제공받은 일이 있었고, 절친의 집들이에서는 채식 만두와 버섯 탕수가 메뉴로 나왔다는 이야기도 해 주었다. 우리의 일상을 별나다고 여기는 사람들도 있지만, 존중해 주고 공감해 주는 사람도 분명히 있다.

그런 사람이 점점 많아지고 있어 매일 조금씩 더 내 일상이 행복해지고 있다.

슬기로운 생활
Zero- Waste Shop

주　　소 경기 성남시 분당구
　　　　 매화로38번길 7
영업시간 평일 11:00 ~ 20:00
(※하계기준) 주말 11:00 ~ 18:00
　　　　 (일요일, 공휴일 휴무)
S N S @_seulki.roun.life

작은 가게들이 늘어선 골목, 그 골목을
따라 걷다 보면 조금은 특별한 가게를
발견할 수 있다. 시선을 잡아끄는 커다
란 간판도 없고, 언뜻 보아서는 무엇을
파는지도 알 수 없지만, 왠지 모르게 발
길을 잡아끄는 곳. 바로 환경을 생각하
고 쓰레기를 줄이기 위한 제로 웨이스
트를 실천하는 가게, 제로 웨이스트 숍
'슬기로운생활'이다.

인터뷰이 작가 슬

자기소개 부탁드립니다.

안녕하세요. 저는 제로 웨이스트 숍 '슬기로운생활'의 운영자 김예슬이고요. 슬기로운생활의 '슬'을 맡고 있습니다. 동시에 7년 차 블로거, 5년 차 주부라는 부캐(?)로도 활동하고 있습니다.

제로 웨이스트를 실천한 지는 얼마나 되었나요?

제로 웨이스트는 일반 소비자로서 실천한 지는 4년 정도 되었고요. 운영자로 활동한 지는 매장이 7월 10일에 오픈했으니, 이제 3개월을 향해가고 있네요.

제로 웨이스트를 실천하다가 제로 웨이스트 매장까지 운영하게 되는 것이 흔한 일은 아닌 것 같아요. 어떤 계기로 제로 웨이스트 숍을 열게 되었나요?

예전에 제가 직장에 다닐 때, 저와 남편이 모두 직장인이다 보니 제로 웨이스트 용품이 필요하거나 리필하기 위해서는 꼭 주말까지 기다려야만 했어요. 주변에 제로 웨이스트 숍이 없던 터라 평일에는 다녀올 시간이 나지 않았거든요. 지금은 그래도 여기저기서 접할 수 있지만, 제가 제로

웨이스트를 시작할 당시만 하더라도 제로 웨이스트 숍은 서울에 있는 몇 군데가 전부였어요. 그렇게 주말마다 시간을 내서 많은 용기들을 들고 왔다 갔다 하다 보니 솔직히 힘들고 번거롭더라고요. 그래서 어쩔 수 없이 택배로 시켰는데, 택배로 주문한 게 제로 웨이스트 아이템인데 정작 택배로 쓰레기가 생기니까 그것도 마음이 편치 않더라고요. 그러던 중 '혹시 우리와 같은 불편함을 느끼는 사람이 이곳에도 많지 않을까.'라는 생각이 들었고, 그렇다면 내가 그 불편함을 줄일 수 있는 시발점이 되면 좋겠다 싶어서 고민 끝에 가게를 열게 됐어요.

부록 : 제로 웨이스트 숍
슬기로운생활을 소개합니다

제로 웨이스트 숍을 오픈할 때 중요하게 생각했던 건 무엇인가요?

가장 중점적으로 고려한 건 거리였어요. 제로 웨이스트를 더 잘해 보고 싶어서 숍을 차렸는데, 먼 곳에 차렸다가 체력적으로 지쳐서 지장이 갈 수도 있잖아요. 그래서 집과의 거리를 가장 중요하게 생각했던 것 같아요. 또 제로 웨이스트가 저희 부부한테는 이걸 기점으로 삶이 나뉘었다고 할 만큼 큰 변화의 계기였는데요. 그 시작을 함께했던 신혼집이 있는 동네에서 제로 웨이스트 숍을 오픈하면 심리적으로도 더 가깝게 느껴질 것 같았어요.

처음 매장을 오픈했을 때 동네 사람들의 반응은 어땠나요?

대체로 호의적이셨던 것 같아요. 요즘 방송에서도 많이 다뤄지면서 알려지다 보니 '우리 동네에도 드디어 이런 게 생겼네.', '맞아, 이런 게 필요했어.' 하면서 많이 반겨 주시더라고요. 그럼에도 생소하게 여기시며 마냥 낯설게 여기는 분들도 계시지만요.

말씀처럼 제로 웨이스트 숍이 예전보다는 많이 늘었지만, 여전히 생소

하게 느끼는 분들이 많을 거 같아요. 그런 분들이 부담 없이, 또 효율적으로 제로 웨이스트 숍을 이용할 수 있을 팁 같은 게 있을까요?

저는 두 가지 '용기'가 필요하다고 생각해요. 어느 제로 웨이스트 숍을 가시더라도 곡류든, 세제든 리필할 수 있는 공간이 있을 거예요. 그때 '이런 것도 리필할 수 있었네?'라는 반가운 생각이 들며 조금이라도 받아오고 싶은 제품이 생길 수도 있는데, 그럴 때 용기(容器)가 없으면 또다시 방문해야 해서 번거롭잖아요. 그래서 제로 웨이스트 숍을 방문하실 때는 혹시 모르니 꼭 용기를 챙겨가라고 말씀드리고 싶어요. 또 한 가지 용기는, 처음 매장에 가 보면 뭐가 뭔지도 모르고, 제품을 어떻게 이용하는지도 몰라 당황스럽잖아요? 그럴 때 주저하지 마시고 용기(勇氣)를 내서 사장님들께 말을 걸어 보라고 말씀드리고 싶어요. 가게 사장님들이 정말 바쁜 경우가 아니라면 대부분 매장 안의 제품들을 소개하고 조언해 주고 싶으실 거라 생각해요. 저는 그 짧은 대화로도 한 사람의 시야가 넓어질 수 있다고 생각하기 때문에 꼭 이 두 가지 용기를 챙겨 가시면 좋겠어요.

제로 웨이스트 숍답게 물건을 들이

는 데도 특별한 기준이 있을 거 같아요. 어떤 기준으로 물건을 들이시는지 알 수 있을까요?

저희가 직접 써 보고 좋았던 것, 제로 웨이스트를 실천해도 이 정도는 있어야겠다 싶은 것, 그리고 제로 웨이스트와 아무 접점이 없는 분들이더라도 매장을 방문하셨을 때 '이 정도는 바꿀 수 있겠다.'라고 생각하실 만한 물건 위주로 들였어요. 그중에서 가장 핵심은 아무래도 사용 유무인 듯해요. 손님이 물어 보시거나 이야기를 나누고 싶어 하실 때 나눌 만한 이야기가 있는 물건이었으면 좋을 거 같더라고요.

물건 못지않게 매장 곳곳에도 제로 웨이스트가 녹아있다고 들었어요.

어떤 부분이 그럴까요?

매장의 콘셉트은 제품 하나하나에 담긴 제작자의 마음을 알아 주면 좋겠다는 마음에 박물관이나 미술관의 기념품 숍을 참고했어요. 그런 매장에서 가장 신경 쓴 부분은 바로 카운터 뒤에 있는 선반 수납장이에요. 여기에는 시험 삼아 사 보기에는 부담스러울 수도 있는 가격대의 제품들을 놓았는데요. 저희와 무조건 한마디라도 나누고 구입하시면 좋겠다는 생각이 이렇게 됐어요. 왜, 편의점 같은 경우도 대부분의 물건은 진열대에 있는데 개인의 기호가 가장 많이 반영된 담배는 카운터 뒤에 있잖아요. 그런 것처럼 아무거나 구매하는 게 아니라 개인의 기호와 필요를 고민한 다음에 사셨으면 하는 마음인

부록 : 제로 웨이스트 숍
슬기로운생활을 소개합니다

거죠. 그런 생각이 담긴 이 선반이 가장 애착하고 신경을 쓴 공간이에요.

방문하는 손님들에게 가장 인기 있는 물건은 어떤 물건인가요?

구입 여부를 떠나 손님들이 가장 많이 관심을 가지는 건 열매 모양을 그대로 살린 천연 수세미에요. 재미난 게, 관심을 가지는 이유가 연령대별로 극과 극이더라고요. 젊으신 분들은 이걸 보고 '이게 뭐예요?'라며 자주 물으시는데, '천연 수세미요.'라고 대답을 해 드려도 '그러니까 이게 뭐예요, 소재가 어떤 거예요?' 하면서 계속 물으시면서 궁금해하시더라고요. 반면에 조금 연세가 있으신 분들은 '맞아, 예전에 이런 걸 썼었지.' 하면서 반가워하시더라고요. 아무튼, 그런 이유들로 많이 관심 있어 하시고, 또 인위적인 공정이 들어간 제품이 아니다 보니 제로 웨이스트 취지에 공감하시는 분들은 꼭 이것만 구매해서 사용하세요.

그렇다면 인기 있는 물건과 별개로 운영자로서 추천하고 싶은 물건은요?

아무래도 가장 부담 없이 권해드리는 제품은 대나무 칫솔이에요. 가장

처음 시도해 보기 쉬운 아이템이라서요.

접근의 부담이 아닌 환경적인 시선에서는 어떤 아이템을 추천하시나요?

그렇다면 고체 타입의 비누를 추천해요. 비누는 칫솔보다는 바꾸는 데 부담이 있을 수 있지만, 못지않게 친숙한 물건이니까요.

비누도 용도에 따라 다양하잖아요? 그중에서도 어떤 용도의 비누를 추천

하세요?

예전에는 설거지 비누를 많이 추천했는데요. 최근 식기 세척기를 사용하시는 분이 많다는 이야기를 들어서 요즘에는 세안 비누나 샴푸 비누를 추천해 드려요. 누구나 머리는 감고 세안은 하실 테니까요.

그렇군요. 말씀을 듣다 궁금한 것이 생겼는데요. 아이템 말고 제로 웨이스트에 막 관심을 관심 가진 사람이 처음으로 실천해 볼 만한 활동으로는 어떤 것이 있을까요?

음, 이건 제로 웨이스트 활동이라기보다 그 선행 작업이라고 할 수도 있는데요. 저는 제일 먼저 이미 가지고 계신 본인의 물건을 한 번 다시 살펴보시라고 권하고 싶어요. 책에도 녹여 내긴 했지만, 제로 웨이스트를 시작했다고 갑자기 집에 있는 모든 물건을 제로 웨이스트 아이템으로 바꾸고, 이전까지의 행동을 180도 바꿀 필요는 없다고 생각해요. 저도 제로 웨이스트 제품은 아니지만, 멀쩡한 플라스틱 용기들은 버리지 않고 계속 쓰고 있거든요. 쓸 수 있는데 제로 웨이스트를 위해 버린다는 게 좀 이상하잖아요. 우선 집 안에 쓸 만한 물건이 뭐가 있는지부터 살펴보고 관

심을 가지는 것부터 시작하면 좋을 거 같아요.

가게를 운영하면서 기억나는 에피소드가 있을까요?

매장에 물품을 사러 오시는 분들도 많지만, 저희가 자원 회수를 하고 있어서 회수할 물건을 들고 오는 분들도 많거든요. 종이 팩이나 병뚜껑 같은 거요. 그런데 하루는 어떤 분이 너무 기쁘게 물건을 가져와 저희한테 좋은 일 하고 계신다. 본인도 앞으로 더 신경 써야겠다고 말씀하시고 돌아가셨는데, 얼마 지나지 않아 가게 맞은편 카페에서 그분이 일회용 컵에 빨대를 꽂고 가시는 걸 봤어요. 그 모습이 기억에 남아요. 물론 절대 비난하는 게 아니에요. 그저 그 모습을 보며 제로 웨이스트에도 단계란 게 있구나, 하고 다시금 느꼈던 거죠. 저도 예전에 그랬거든요. 그래서 언제든 그렇게 인지하지 못하는 영역이 있을 수 있으니 자만하지 말자고 생각을 했어요.

말씀하셨던 내용 중에 '자원 회수'라는 게 인상 깊네요. 자원 회수란 정확히 어떤 건가요?

흔히 쓰레기라고 생각해서 버리는

부록 : 제로 웨이스트 숍
슬기로운생활을 소개합니다

경우가 많은 자원들 중에 실은 재사용할 수 있는 자원들이 제법 있거든요. 우유 팩도 그중 하나에요. 우유 팩은 종이처럼 보여서 종이와 함께 버리는 경우가 많은데, 사실 그렇게 하면 종이가 풀리는 시간이 달라서 종이로 재활용되는 게 아니라 쓰레기로 매립이 돼요. 우유 팩은 고급 펄프라서 분리 배출하면 정말 가치 있게 쓰일 수 있는 자원이거든요. 자원 회수란 쉽게 말해 그런 우유 팩을 포함해 병뚜껑, 브리타 정수기 필터, 아이스 팩 등을 저희가 수거해서 다시 활용하는 곳으로 보내는 거예요.

참 좋은 활동이네요.

좋은 활동이죠. 그런데 한편으로는 이 자원 회수가 쓰레기를 기분 좋게 버릴 수 있는 수단이 될까 봐 걱정스럽기도 해요. '또 써도 돼. 어차피 이건 재활용되니까.'라는 생각으로 무분별하게 쓰면 회수하는 의미가 없잖아요. 그래서 자원 회수하려는 분들이 그런 부분은 경계하면서 활동에 임하면 좋겠다는 생각이 들어요.

매장을 운영하면서 마냥 좋은 일들만 있을 수는 없을 거 같아요. 그중에서도 특히 제로 웨이스트 숍이라서 생기는 고충이 있을까요?

가끔 환경친화적인 물품이 왜 비싼가 불만을 가지시는 분들이 계세요. 자연 유래 성분이라면 더 쉽게 구할 수 있으니 더 저렴해야 하는 것 아니냐면서 저희가 일부러 값을 비싸게 받는다고 생각하시는데, 그런 부분이 고충이라면 고충이죠.

그런 질문에는 어떻게 대답해 주시나요?

기성품은 사실 보이는 가격이 전부가 아니라, 보이지 않는 곳에서 우리 건강을 담보로, 지구의 환경을 담보로 하고 있기에 그렇게 싼 가격을 달

수 있다고 말씀드려요. 대가 없는 저렴함은 없다고 생각하거든요.

슬기로운생활이 궁극적으로 어떤 매장이 되기를 바라나요?

저는 이 공간이 물건을 사고파는 공간을 넘어 의미 있는 이야기를 나누고 다양한 활동을 할 수 있는 공론의 장이 되었으면 좋겠어요. 같이 플로깅도 하고, 쓰레기의 발자취를 따라가 보는 것처럼 강요하지 않고 울림이 있을 만한 활동들을 찾아보는 곳이 되면 좋겠어요.

많은 분들이 제로 웨이스트를 실천하지만, 저마다가 지닌 '제로 웨이스트'의 의미는 다른 거 같아요. '슬'님만의 제로 웨이스트를 한마디로 정의하자면 뭐라고 할 수 있을까요?

어려운 질문이네요. 이 질문은 예전부터 오랫동안 생각해 봤는데요. 그럴듯하게 포장할 수도 있겠지만, 솔직히 말씀드리자면 저에게 제로 웨이스트는 '해야 하니까'라는 생각으로 실천해 온 일상 그 자체라서 한마디로 정의할 수가 없을 거 같아요. 대신 저희 부부가 제로 웨이스트를 하면서 내세운 캐치프레이즈가 있는데, 그게 비슷한 답이 될 거 같아요. 바로

"할 수 있는 것을 합니다."인데요. 거창하지 않지만 공존을 생각하며 누적한 일상이 더 나은 미래를 만들 거라는 믿음으로 나아가는 모든 순간, 그냥 그게 제 제로 웨이스트인 것 같아요.

마지막으로 매장을 찾아오시는, 또 찾아오실 분들께 한 마디 부탁드릴게요.

슬기로운생활은 언제나 열려 있습니다. 기분 좋게 방문해 주세요.

더 이상 구매하지 않는 것들

1
에코백

ECO BAG

에코백이라는 말은 영국 디자이너 아냐 힌드마치(Anya Hindmarch)가 천 가방에 "I'm not a plastic bag"이라는 글귀를 새겨 패션쇼에 참석한 데서 시작됐다고 한다. 그 가방을 패션쇼에 참석한 셀럽에게 나눠 주었고, 그 가방이 파파라치 사진에 잡히면서 한정 판매한 가방의 인기가 높아져 국내에서도 찾기 시작했다고.

에코백은 천연 면이나 캔버스 천 등 생분해성 재료에 그 어떤 화학 처리도 하지 않고 만든 가방을 의미한다. 재활용 옷감과 재료로 자원을 훼손하지 않고 만든 가방도 모두 통칭한다. 그런데 위의 일이 있고 나서부터는 에코백이 패션 아이템으로 자리하기 시작해, 천 가방이라고 하면 에코백이라고 명명해 버리는, 일종의 유행이자 마케팅이 되어 버렸다. 행사 사은품으로 종종 뿌려지면서 접하기도, 사용하고 버리기도 쉬워진 것은 덤. 이렇게 사용되는 에코백이 정말 '에코'한 걸까.

지금껏 나는 비닐 봉지와 비교했을 때 에코백을 13번 이상 사용하면 탄소 배출량을 상쇄하여 환경을 보호할 수 있다고 알고 있었다. 하지만 2019년 덴마크의 환경 및 식품부에 따르면 비닐 봉지가 환경에 끼치는 악영향을 고려할 때, 면 가방은 7천 번, 유기농 면은 2만 번은 재사용해야 한단다. (다만, 이것은 지구 온난화 기준이며, 해양 생태계를 위해서는 비닐 봉지보다 에코백 사용이 횟수를 차치하더라도 월등히 낫다.)

이러한 이유로 우리 부부는 더 이상 에코백을 구매하지 않는다. 사은품이라고 해서 쉽게 받아오지도 않으려 한다. 사용이 불편해지거나 헤진 것들은 수선을 먼저 떠올리며, 지속적으로 사용하기 위해 노력한다. 에코라는 이름으로, 사실은 덜 친환경적인 제품의 소비를 권장하는 기업의 행태도 조심하려 노력한다.

부록 : 더 이상 구매하지 않는 것들

2
포스트잇

매년 회사에서 업무 노트를 받는 직장인들이 많을 것이다. 나도 직장 생활을 했을 때 그랬고, 현재 현업에 종사 중인 남편도 마찬가지다. 그런데 생각해 보면 그 노트의 끝을 본 경우는 드물다. 왜일까 생각해 보니 포스트잇을 많이 사용하는 게 그 이유 중 하나인 것 같았다. 포스트잇은 부재 중 메시지를 전달하기에 좋고, 체크할 것들을 적어 모니터에 붙여 두거나 필요한 내용을 열어 보기 편하기 때문이다.

하지만 작은 데다가 접착제가 붙어 있는 포스트잇은 종이지만 재활용이 불가능해 일반 쓰레기로 버려진다. 그래서 나는 전달할 내용이 있으면 가능한 개인 노트에 메모하고 메신저나 메일을 활용했다. 포스트잇을 선호하는 동료나 상사도 있었기 때문에 사용률이 제로는 아니었지만, 회사 차원에서 구매하는 것만으로도 충분했기 때문에 비품 구입 신청을 받을 때 별도로 포스트잇을 요청하는 일은 없었다. 남편에게 물어보니 자신도 회사에서 포스트잇 사용을 꺼린다고 대답했다. 남편은 포스트잇 대용으로 지난 업무 노트의 남은 부분을 별도로 모아 오려 메모지로 쓴다고 했다.

잉크에 오염된 종이는 재활용될 때 이물질 제거 비용이 발생하며 처리 과정에서 환경 오염의 문제가 발생하므로, 어쨌든 이런 메모지를 사용한다는 것 자체가 100% 친환경적인 방법은 아니다. 하지만 자투리 용지를 새로운 종이 대신 사용하는 것은 일반용지를 제작 비율을 조금이나마 줄일 수 있으므로 '우리 나름의' 제로 웨이스트 지향 방법이라고 생각한다.

3
각종
보관함

STORAGE BOX

정리를 할 때 통일감을 주기 좋은 각종 보관(수납)함들, 오랜 기간 미니멀 라이프를 실천하면서 이런 보관함에 '너무 잘한' 수납이 오히려 나에게는 독이 된다는 것을 알았다. 필요한 물건들만 놓는다면 사실 수납함이 필요하지 않고, 물건을 내놓아도 깔끔한 정리가 진짜 정리지 싶었다. 정리에 대해서는 대부분 생각의 방향이 일치하는 터라 남편도 물건을 비우기 시작하면서 가장 먼저 수납함을 정리했다. 우리 집에서 비워지더라도 필요한 사람에게 전달됐으면

하는 마음에 중고 마켓을 이용해 처분했다. 다만, 그 이후로 클립이나 고무줄 같은 작은 용품들을 한데 모아 둘 수납함이 필요한 경우가 생기기도 했다. 이런 경우에는 신문지나 매거진, 이면지 등으로 종이 상자를 접어 사용한다. 필요에 의해 접었다 펼쳤다 반복할 수 있어서 플라스틱보다 유연하게 공간을 활용할 수 있다.

4
갑 티슈

TISSUE BOX

갑 티슈는 결혼하고선 돈을 주고 구입해 본 적이 없다. 집들이 선물로 받은, 6개가 한 묶음인 갑 티슈 세트가 최초이자 마지막이 됐는데, 그것도 한 장을 3등분으로 잘라 쓰다 보니 스크루지가 아님에도 3년간 사용했다. 티슈를 모두 소진하고는 손수건 1/3 크기의 소창 와이프스를 여러 장 구매해서 주방 행주, 티슈, 티코스터, 그리고 외출할 때 필요한 여분의 손수건으로 요긴하게 사용하고 있다. 덕분에 두루마리 화장지는 유일하게 우리 집 화장실에만 놓여 있다. 자연인에 조금 더 가까워진다면 언젠가는 이 대나무 화장지도 집에서 사라질 수 있지 않을까.

5
사진 앨범

우리 집엔 크게 인화해서 걸어 놓은 결혼식 관련 사진이 없다. 대신 결혼식 날 식장 로비에 진열하기 위해 인화했던 사진 몇 장은 있다. 처음에는 이 사진들을 보관하기 위해 앨범을 구입했었는데, 막상 앨범이 생기니 빈 페이지를 남김없이 채우고 싶어졌다. 그렇게 시간이 흐르고 보니 안 해도 될 사진까지 인화를 하고 있는 우리를 발견하게 됐다. 정작 그 사진들을 자주 들여다 보지도 않으면서 채우기에 급급한 우리를 말이다. 우리는 소유에서 그치는 게 아니라 물건의 역할을 찾아 주는 것이 우리가 선택한 라이프를 현명하게 실천하는 방법이라고 생각했다. 그래서 사진이 자신의 역할에 충실할 수 있도록 이제는 냉장고에 붙여 놓고 매일 들여다보고 있다. (앨범은 중고 처분했다.) 싸우면 함께 찍은 사진이 사라지는 건 안 비밀!

인화하지 않은 나머지 사진들은 외장 하드에 저장해 두어 연말이나 기념일에 TV에 연결해 놓고 크게 감상한다. 시간 가는 줄 모르고 떠들게 되니 추억이 추억으로서도 제 몫을 다한다.

6

각종
액세서리

나는 금속 알레르기가 있고 몸에 무언가 걸치는 걸 불편해해서 액세서리를 좋아하지 않는다. 그래서 학생 때 뚫었던 귀도 막은 지 오래고, 우정 반지도 몇 번 껴 보지 못한 채 정리했다. 그 덕에 내가 가진 액세서리는 남편과 맞춘 커플링, 프로포즈 반지, 결혼 1주년 때 받은 목걸이가 전부다. 반면 남편은 시계도 모조리 처분하여 가지고 있는 액세서리가 없다. 정말 0개! 남자의 로망이 시계라고들 하니 나중에라도 근사한 것 하나쯤은 사주고 싶은데, 본인이 완강히 거부한다. 아마 남편의 액세서리는 앞으로도 쭉 제로에 수렴할 것 같다.

덧붙여, 휴가를 떠날 때나 분위기 전환을 하고 싶을 때 사서 붙이곤 했던 페디 팁도 2019년 여름을 마지막으로 구입하지 않는다. 고작 일주일에서 열흘 정도 사용하는데, 기간에 비해 많은 쓰레기가 배출되기 때문이다. 맨손, 맨발이 깔끔하려면 꽤 부지런해야 해서 구입하지 않는 게 게으른 스스로를 채찍질할 수 있는 좋은 방법이기도 하다. 가뿐하고 단출한 차림이 내게 더 실속 있다.

에필로그 : 즐거운 불편함

남편과 저는 주기적으로 제로 웨이스트에 대한 생각을 나눕니다. '지향점'이라는 이름의 앱이 있다면 버전을 업그레이드하는 것과 같아요. 현재 우리가 제로 웨이스트를 위해 실천하는 것들을 살펴보고 더 나아질 방법을 고민해서 매뉴얼화 합니다.

최근에는 '절화 들이기'가 토론 주제로 올랐습니다. 남편은 사람이 살아가는데 낭만 또한 필요한 요소이므로 삶에 생기를 돋게 하는 꽃 시장 방문이나, 꽃 구입은 유지해도 되는 일상이라고 말했어요. 반면 저는 지구와 환경을 생각하는 제로 웨이스트 라이프를 실천한다면 순간의 만족을 위해 인위적으로 자른 꽃을 구입하는 게 과연 옳은 일인지 모르겠다고, 재고할 필요가 있다고 말했습니다. 아쉽게도 두 의견이 팽팽해서 아직 결론은 나지 않았습니다.

내가 늘 누리고 행하던 것들이 어느 순간 달리 보이게 되는 것, 더 나은 방향을 위해 선택한 일들이 개인의 그린워싱에 지나지 않는지 긴장해야 하는 것. 하다 보니 제로 웨이스트라는 건 그런 것 같습니다. 그래서 저는 제로 웨이스트가 익숙하지만, 아직도 편하지는 않습니다. 더 나아지고 있는 우리를 볼 때마다 기쁘지만, 실수를 할까 불안할 때도 있습니다.

때문에 저는 이 라이프 스타일이 유행하지 않기를 바랍니다. 제게 초반의 미니멀 라이프가 그랬던 것처럼 '트렌드'와 동일시되지 않았으면 합니다. 또한, 제로 웨이스트가 '그런' 아이템을 사용하기 때문에 유지되는 소비의 문화로 전락하지 않았으면 좋겠습니다. '뭐부터 바꾸지?'가 아니라 '내 주변에는 무엇이 있었지?' 하면서 있는 것을 더 소중하게 여기는 태도로 자리했으면 좋겠습니다. 새로운 것을 덮어놓고 받아들여 좌충우돌하기보다, 기존의 삶과 합의점을 찾아가기를 희망합니다. 노하우를 주고받으며 건강한 논의가 이어지기를 바랍니다.

그런 생각으로 글을 썼습니다. 유익한 제로 웨이스트 실천기와 용품 소개들은 이미 많이 있으니, 저희의 고군분투기는 독자분들의 논의 주제가 되기를 바라는 마음으로 기록했습니다. 제로 웨이스트를 실천하는 과정에서, 그게 혼자가 아닌 배우자와 함께했을 때 어떤 시너지가 생기는지, 무슨 갈등이 일어나는지를 이야기하고 싶었습니다.

냉소적인 여자와 감성적인 남자, 정적인 여자와 동적인 남자, 귀차니즘에 지배당한 여자와 오전 6시면 잘 잤다고 외치는 부지런한 남자의 일상이라 정말 저희만의 제로 웨이스트 이야기가 됐지만 말이죠. 그래도 저렇게 다른 두 사람도 공존하겠다며 의기투합하고 있으니 '나는' 혹은 '우리는' 더 쉽겠다, 하는 생각이 들기를 바랍니다.

제로 웨이스트는 매일 다시 시작되는 삶, 그 자체라서 이 글이 끝나고도 저희는 끊임없이 고민하며 많은 선택의 순간에 놓일 겁니다. 그 과정에서 제풀에 지쳐 한 걸음 후퇴할 때도 있을 테고, 그러다가 다시 용기를 얻어 두 걸음 나아갈 수도 있을 거예요. 몰랐던 물건의 매력 혹은 새로운 쓸모를 발견하곤 서로를 기특해할 수도 있겠지요. 상황에 휘둘리지 않고 그렇게 굳건히 저희만의 제로 웨이스트를 구축해 나아가는 게 꿈입니다.

흔히들 '제로 웨이스트는 입구는 있으나 출구는 없다'고 표현하더군요. 호기심에 발을 들여놓았을지라도 일단 들어서면 그 이전으로 돌아갈 수 없다는 의미인데요, 돌아가는 길이 더 복잡하고 마음이 힘들기 때문이겠죠. 들어선 곳에서 저희가 가 본 길도 구경해 보고 자신만의 길도 만들어 가면서 개척하는 재미를 느껴 보시길 바랍니다.

아, 그리고 불편하나 즐거운 이 라이프 스타일을 더 잘 해내고 싶어서 최근엔 제로 웨이스트 숍을 열었습니다. 남편과의 생활을 처음 시작한, 이 동네의 환경친화적인 삶을 위한 해우소가 되기를 희망하면서요. 저는 제가 오픈한 제로 웨이스트 숍이 물품만 살 수 있는 마트 같은 공간이 아니라 발전적인 논의를 할 수 있는 클래스 룸, 민원실처럼 쓰였으면 좋겠어요. 그러기 위해서 끊임없이 제 자신과 공간을 정비하려 합니다.

때문에 새로운 공부를 계속하고 있는 요즘입니다. 손님이 오지 않는 시간에는 쓰레기 대학의 강의도 듣고, 화장품 성분 등도 찾아보면서 내 선택이 보다 더 나은 방향으로 향할 수 있게 점검하고 있습니다. 꾸준히 하다 보면 경험담에서 그친 이야기가 조금 더 단단해지지 않을까요.

말을 마치기 전에 이 이야기의 주축이 되어준 남편에게 고마움을 전합니다. 날것의 제 글 발견해 주고 다듬는 데 애써 준 김현석 편집자님에게도, 함께 힘써 준 출판사에도 감사의 인사를 전합니다. 첫 책이라 긴장해서 내내 예민해져 있었는데, 모두가 안팎으로 함께 힘써 준 덕분에 결과물을 손에 쥐게 되었습니다. 또한 저희의 삶을 지지해 주는 분들에게도 감사를 표하며, 각자의 삶을 꾸려가는 모든 분들의 일상을 응원하겠습니다.

쓸모 있는 비움

초판 1쇄 발행 | 2021년 10월 13일

지은이 김예슬 | **담당편집** 김현석 | **편집인** 강제능
디자인 김수현 강제능 | **마케팅** 안지연 | **펴낸이** 이민섭 | **펴낸곳** 텍스트칼로리
발행처 뭉클스토리 | **출판등록** 2017년 4월 14일 제 2017-000022호
주소 서울특별시 영등포구 선유로 27, 1212호 | **전화** 02-2039-6530
이메일 mooncle@moonclestory.com | **홈페이지** www.moonclestory.com

텍스트칼로리는 여러분의 소중한 원고를 기다리고 있습니다.

ISBN 979-11-88969-39-5

※ 잘못된 책은 구입하신 서점에서 바꾸어 드립니다.